森林笔记

〔日〕酒井驹子 —— 著　　李讴琳 —— 译

人民文学出版社

目录

1	小狗	*001*
2	豆娘	*005*
3	足迹	*009*
4	枝条	*013*
5	叫声	*017*
6	沙夏	*021*
7	食蚜蝇	*025*
8	绘本	*029*
9	碧凤蝶	*033*
10	鸟儿们	*037*
11	家	*041*
12	高楼	*045*
13	落叶	*053*
14	父女俩	*057*
15	半途中	*061*
16	军用飞机	*065*
17	小家鼠	*069*
18	男人	*073*

19	初夏	*077*
20	夏天	*081*
21	雾	*085*
22	秋草	*089*
23	小山雀	*093*
24	隧道	*097*
25	苹果	*101*
26	声音	*109*
27	猫和风信子	*113*
28	感冒	*117*
29	三月	*121*
30	木香花	*125*
31	工作室	*129*
32	萤火虫	*133*
33	石头	*137*
34	远足	*141*
35	葬甲虫	*145*
36	地铁	*149*

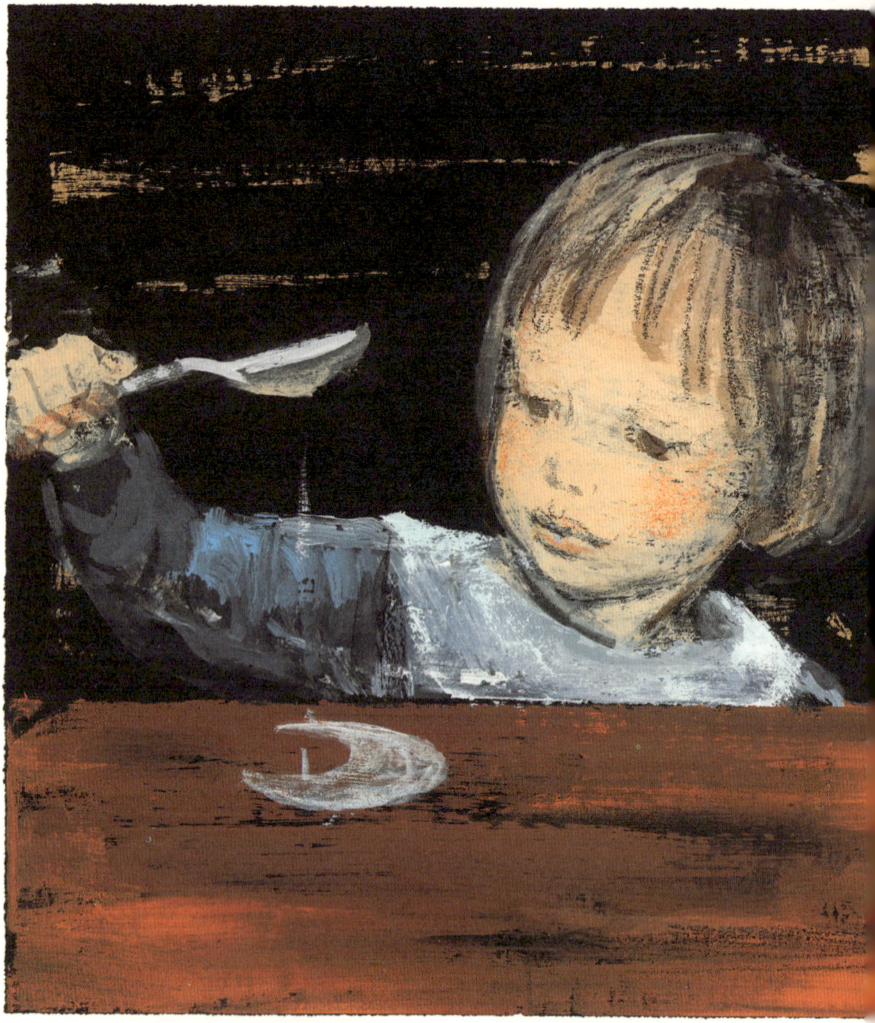

1

小狗

我在松林里漫步。金褐色落叶松的针叶接连不断地落下。在寒冷的铅灰色天空下，我沿着没有人影的道路向前走。

不知从哪里传来了小狗的叫声。"呜——呜——"的声音听上去既充满悲伤，又像在撒娇。似乎有两只小狗。我朝着叫声传来的方向走去，发现了一个窨井盖。

森林深处居然有窨井盖，真奇怪。在落叶中冷不丁冒出一块混凝土，上面还安安稳稳地放着一个窨井盖。小狗的声音就是从这里传来的。我

想象着两只小狗被困在地下管道中，焦急地想着必须把它们救出来。

可是，我发现这"呜——呜——"声是有规律的，像是窨井盖底下的水流在推动着什么。我倾听片刻就离开了。

返回的时候，我又一次在窨井盖旁停下脚步，依然能听见既悲伤又如同撒娇般的声音。在森林里。

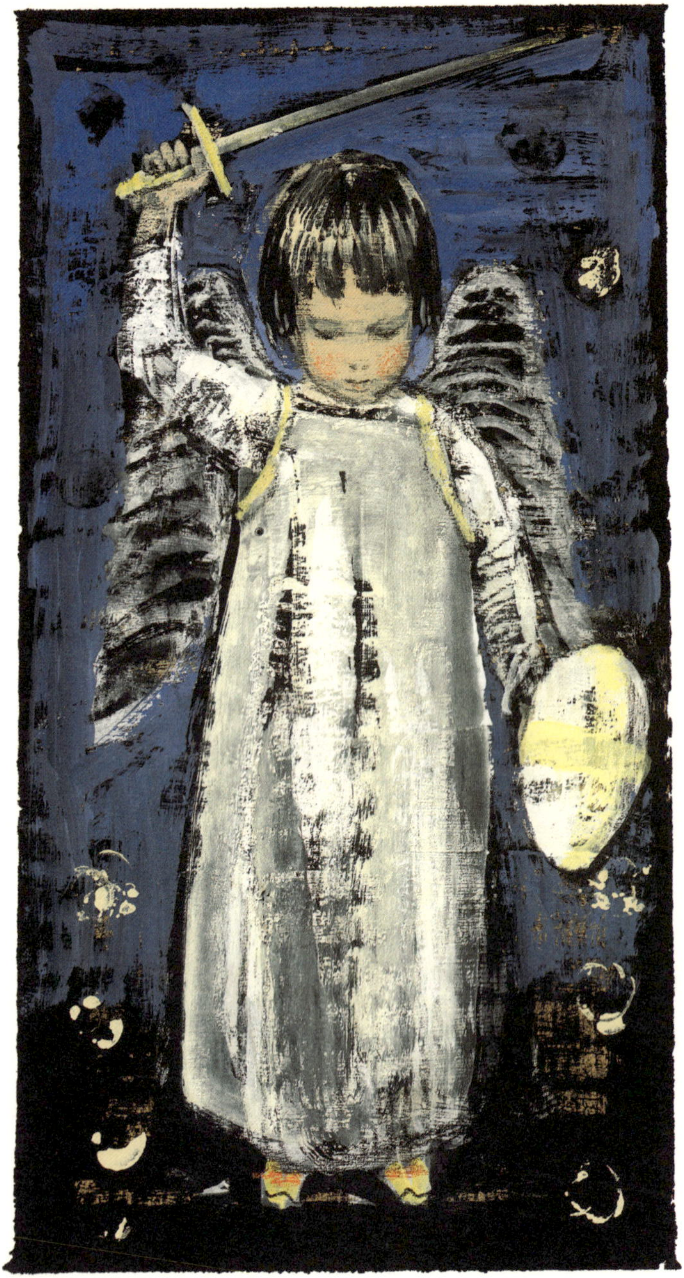

2

豆娘

时隔一月来到山里的房子，寒冷彻骨。跟我来的小猫也生气地"喵喵"抱怨。地板太冷，站都站不住。我冻得发抖，飞快地轮流抬起两只脚，就像踩到了滚烫的东西（实际上正好相反）。我赶紧烧旺壁炉的火。

房间一暖和，小猫就活蹦乱跳起来，开始追赶什么。原来屋子里有豆娘。有三只豆娘，窗边还有一只。它们是从哪里来的呢？外面还在下雪呢。

我去没铺地板的房间取柴火时才恍然大悟。成堆的柴火，断面上伏着好几只豆娘，展开着薄

薄的翅膀，一溜儿冲着侧面，好像已经死了。不过，它们是在冬眠吧？如同标本一般。

苏醒的豆娘在温暖的屋子里飞来飞去。我想拍一张它们停在地板上的照片，却发现小猫已经把它们的脑袋都玩没了。

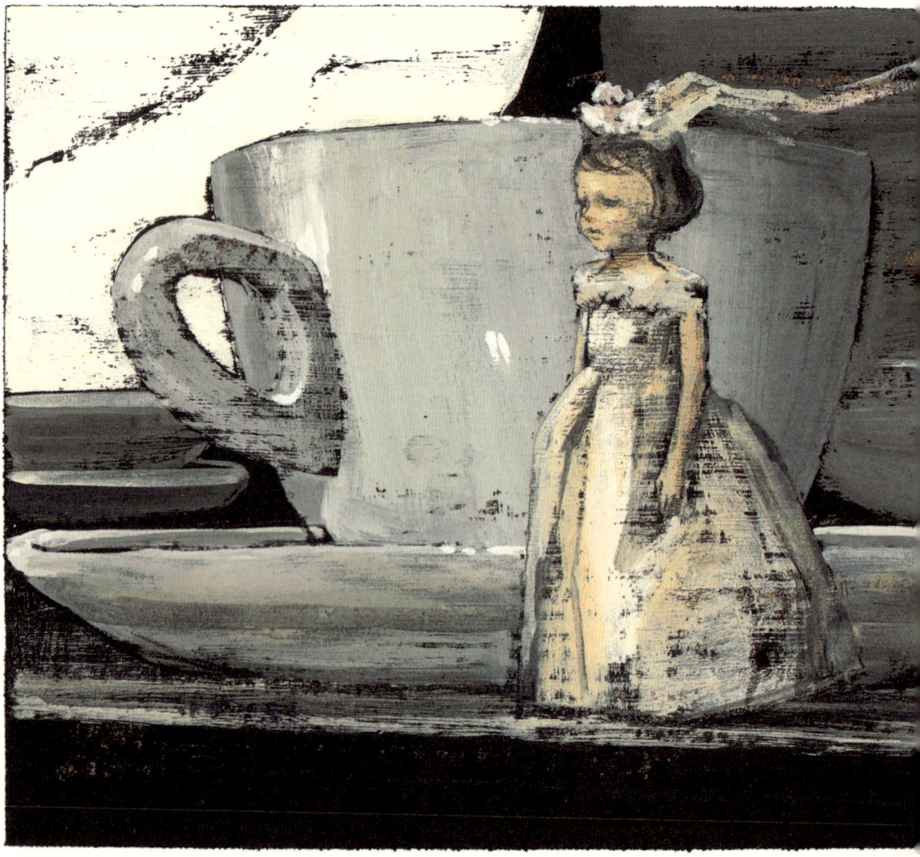

3

足迹

我穿上雪地靴出了门。前天就开始下的雪停了，天空露出了碧蓝。风一吹过，空中就闪闪发光。四周一片雪白，如同圣诞节的绘本。我走进了森林。

各种动物的足迹在皑皑白雪上绵延不绝。没有人的脚印。我把左脚轻轻地踩在鹿留下的蹄印上。接着再放下右脚。如此这般一步一步沿着它的足迹往前走。鹿径直沿着山谷下山。时不时能看见发黄的雪，那是它尿尿留下的痕迹。还有一颗颗鹿粪，奇妙地堆积成小山。

鹿来到谷底之后，又顺着没有水的溪流向上。不一会儿就看见了混凝土的堤坝。堤坝下方有水涌出，四周遍布着各式各样的足迹，属于鹿、狐狸、猪以及鸟儿。大家都是来喝水的吧？在这许许多多的足迹当中，也留下了我雪地靴的印记。

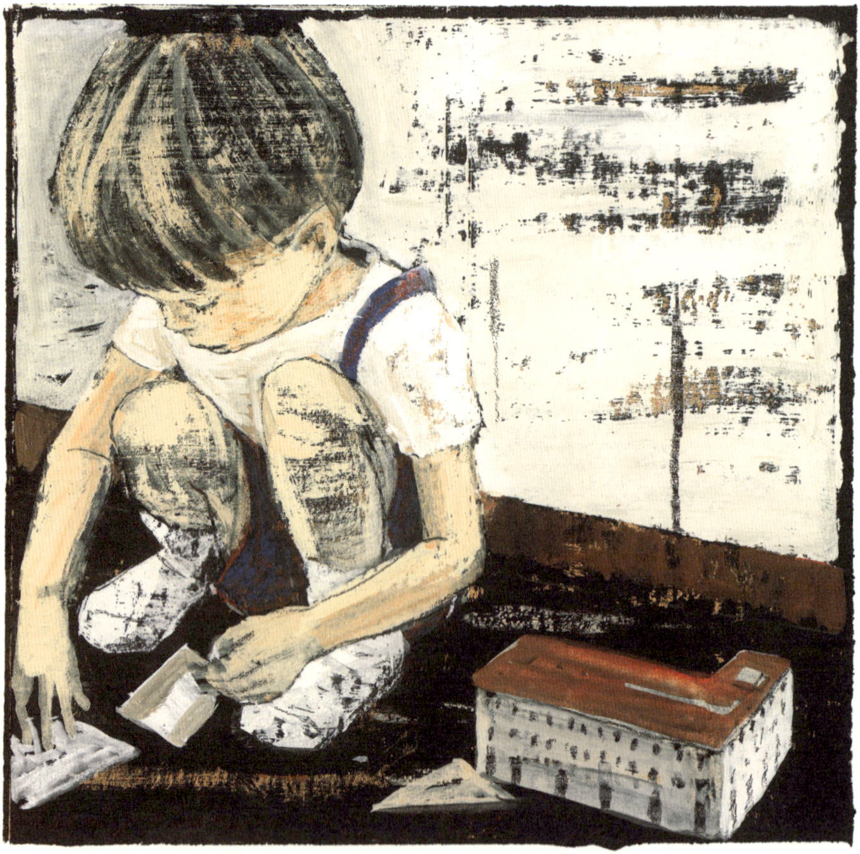

4 枝条

从山里的家回城里，又遇上了东京的雪。

家里人在门前的路上清扫积雪，我和小猫则坐在火炉边。

过了一会儿，住在对门的孩子来我家借铲子。只言片语的日语对话，彬彬有礼。这对新西兰姐妹有着色彩明亮的头发，怀里抱着清扫积雪用的两把铲子，兴冲冲地回去了。

我在网上得知，山里房子的周边积了很深的雪。打电话问邻居，他说积雪厚达一米四，他扔下了车，好不容易才回到家。他还说，那里到处都是白雪,宛如被隔绝的孤岛。

孩子们来还铲子。她们俩怀抱着一大束盛开的红梅送给我。这些枝条或许是被雪压断的,所以黑色枝条的根部都露出了新鲜的断痕,而这断痕和花儿一样艳红。

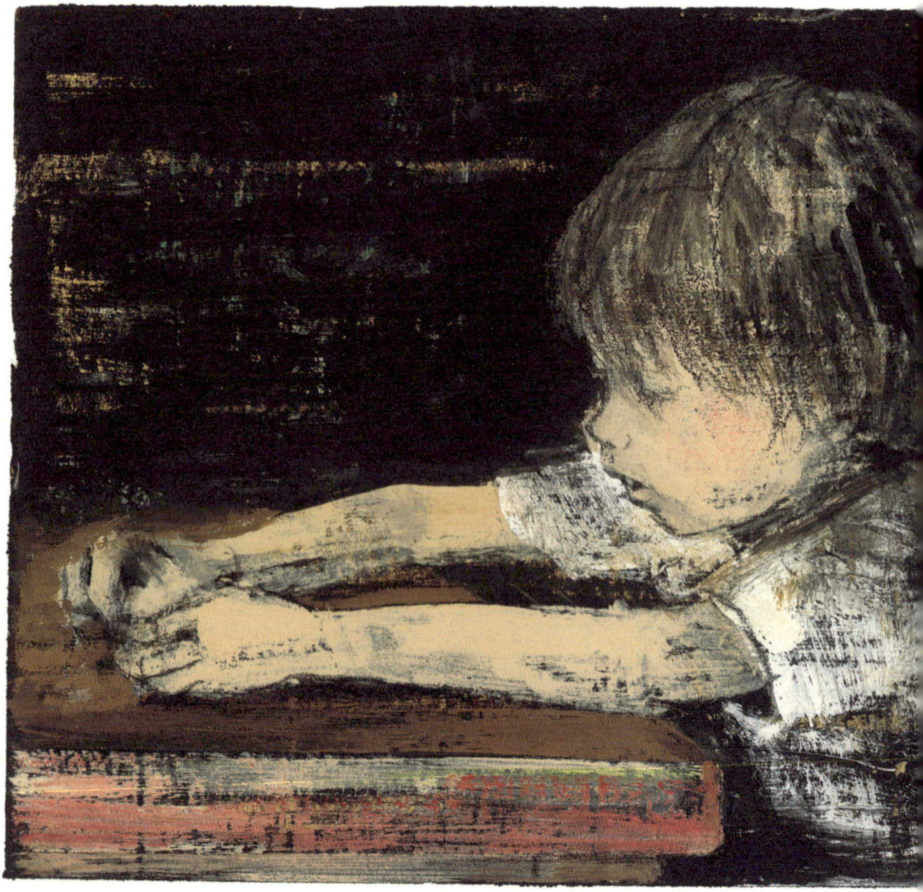

5

叫声

森林中有人在吹笛子。这绵延不绝的笛声听上去像是洋埙[1]发出的，却又不成曲调。这里人迹罕至，所以我猜想这是鸟儿在鸣叫。可是这么说来声音又太难听。我想象着，有一位头戴奇怪帽子的男士，正把帽檐压得低低的，如同自言自语一般，"呼呼——呼哈哦——"地吹着洋埙。

我在网上搜索"笛声似的鸟叫"，立刻就找到了答案，甚至还有视频，让我大吃一惊。视频上传来的声音和我刚才听到的一模一样。屏幕上写着"绿鸠"二字。原来不是吹洋埙的男人呀。除

---

[1] 源自欧洲的一种陶土烧制的吹管乐器，英文为 Ocarina，也译作奥卡利那笛等。

此之外，还有各种各样鸟儿的视频。

　　还有一种鸟叫做"虎斑地鸫"。我原来还以为虎斑地鸫之类的鸟是想象出来的生物呢。屏幕上传来"唏咦咦——咦"的奇特声音。这声音孤寂、悲哀，如同细丝绵延不绝，我不由得反复听了好几遍。我的脑海中浮现出一位只看得见面庞的、脖子纤长的女子，仿佛鲤鱼旗似的飘荡着，向远方飞去。

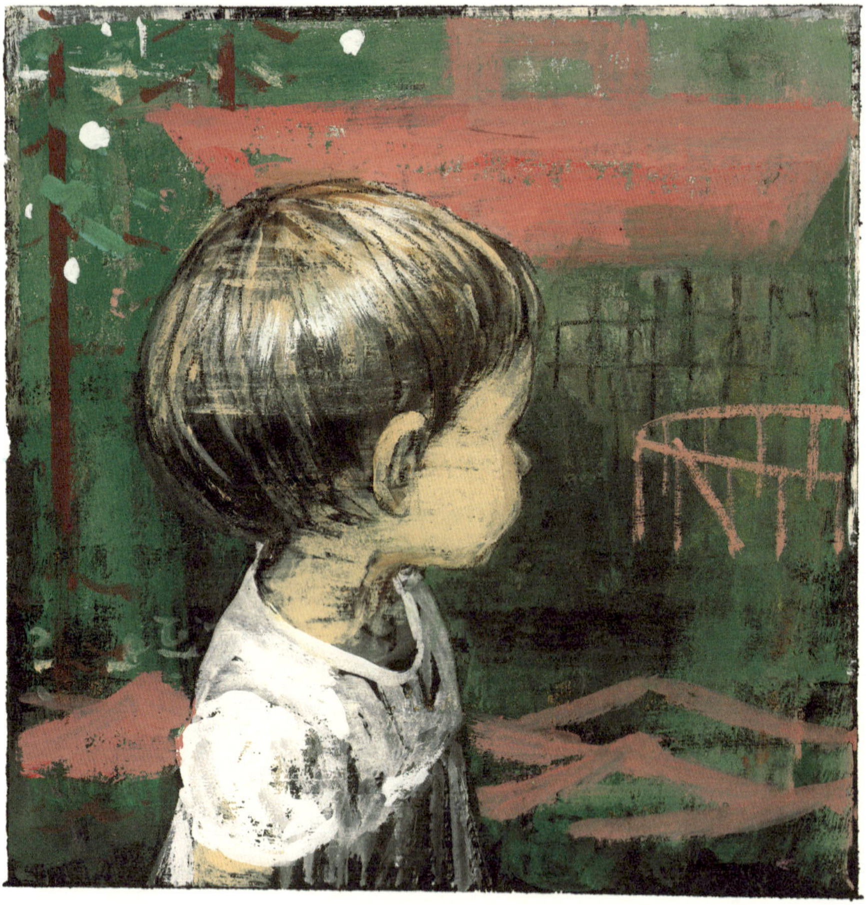

6

沙夏

隔壁邻居养了一只条狼狗，据说是狼和狗的杂交品种，看上去真的就是一匹狼。它放养在隔壁院子里一块用铁丝网围起来的地方，无论是夏天还是零下十五度的严冬，都在那里生活。看来它不怕冷。它的名字叫沙夏，腿很长，还有金色的眼睛。

沙夏很安静，不叫。我在隔壁院子附近做事情的时候，它也从来没有威吓过我。它只是静静地、一动不动地注视着我，那姿势就像故事书里的插画。

有一天，隔壁传来一股恶臭，邻居说他是在肢解一头鹿。他从猎友团的人手中为沙夏买来了一头死鹿。扬起的鹿毛飘到了我的脚边。

这天晚上，我第一次远远地听到了沙夏的犬吠声。狼的声音和狗完全不同。拖得长长的叫声，不久便在空气中卷起了旋涡，将森林一点点覆盖。

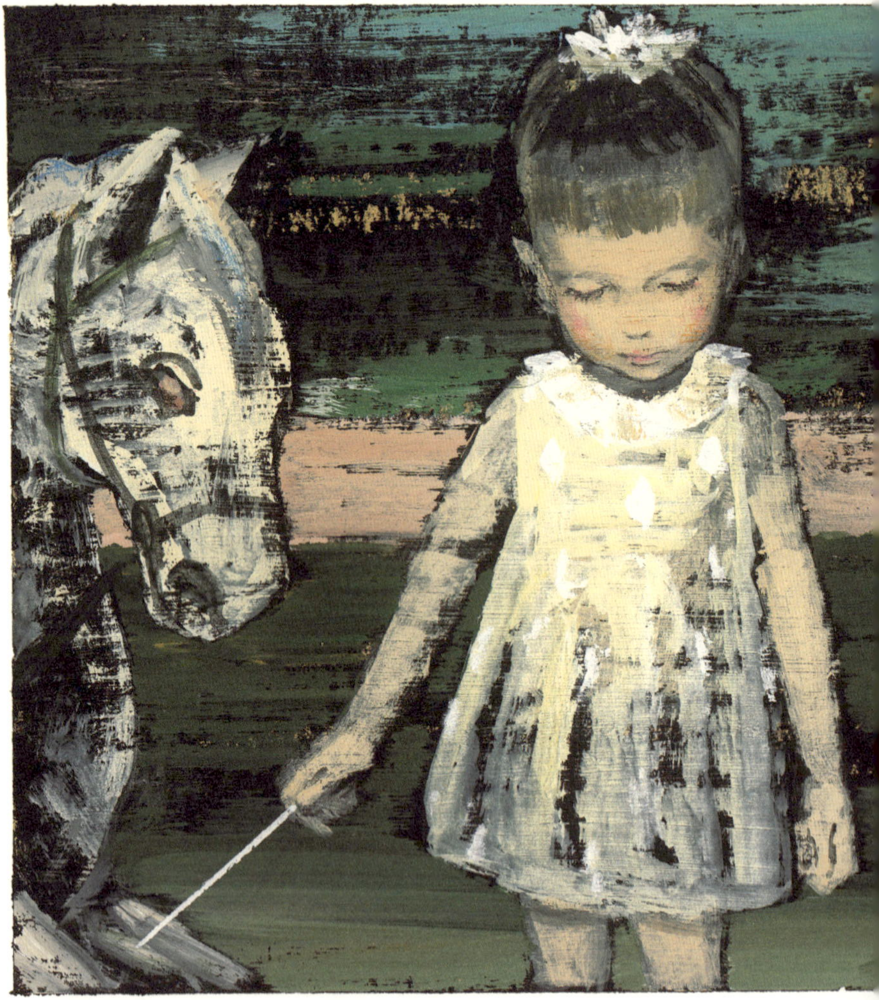

7

食蚜蝇

三只小小的食蚜蝇，悬停在空中拦住了我的去路，仿佛在说，如果想往前走，就给我看看通行证。我停下脚，三只小虫便排成了纵队，一只在我胸口的高度，一只飞到我的头顶，还有一只悬停在我的鼻尖，与我四目相对。在日光下，它肚子上的条纹泛起了焦糖色的光芒。

　　它们似乎并不能一直保持悬停状态，时不时会忽然朝一旁飞去，就像在触摸我的肩膀，然后又回到原位，再次悬在空中不动。它们的翅膀因为高速运动而近乎隐形，可是腿脚却无力地垂着，

唯有前面两条腿时而活动。

我迈开步子向前走。食蚜蝇慌忙嗡嗡地追赶上来，阻拦我道："等等，停下！停下！"我闯过岗哨，大步流星向前走，尽管并没有什么想要去的地方。

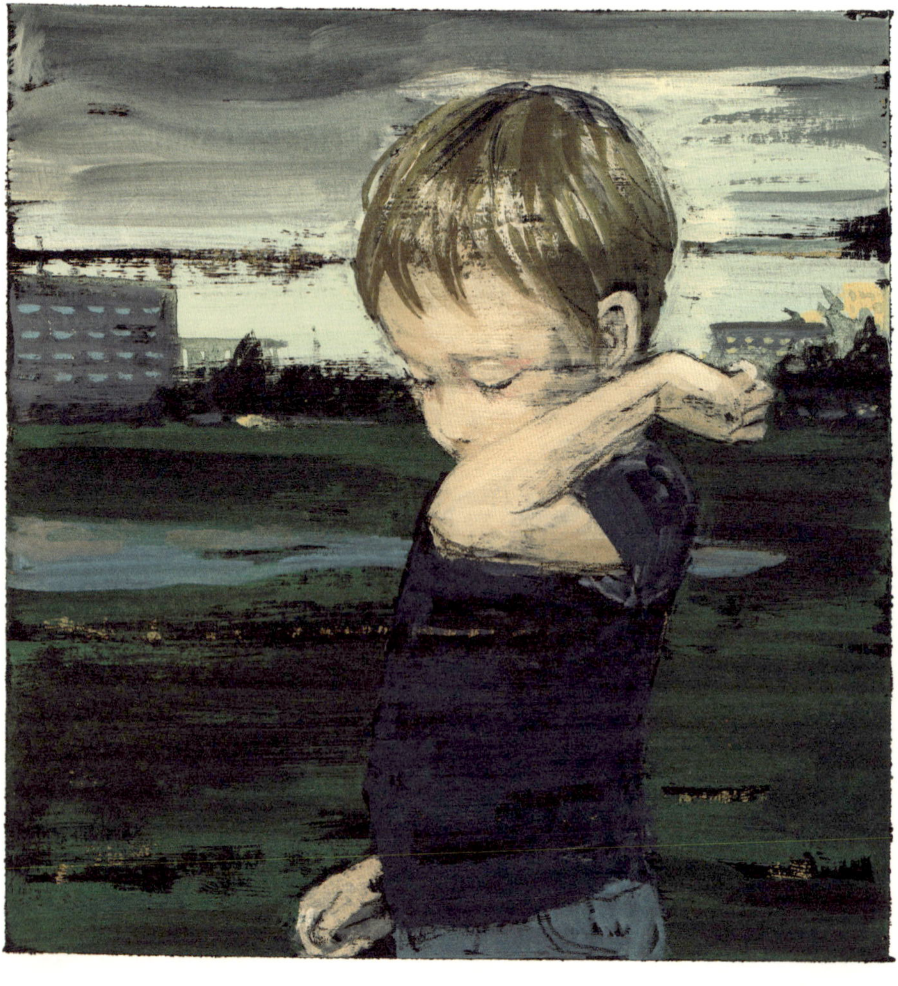

8

绘本

落叶松的树林里，有一块空地。或许原本打算建造别墅，他们砍掉了落叶松，平整了土地，可是计划却搁浅了，于是这地方就此空置下来。芒草与灌木葳蕤，天空辽阔。一望无际的蓝天色彩浓郁，蓝得发青。这就是夏季的天空。

有两棵高约二十米的白桦树逃过了砍伐的命运，被保留下来，笔直地伫立在蓝色天空的背景下。白色的树干散发着光芒，在风中轻轻摇晃，如同身材高挑的美丽女子，赏心悦目，让我不忍移开视线。

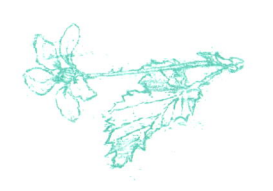

我安静地坐下来,发现一只茶色的动物从对面悠闲安稳地走来。是一头小鹿!——我屏息静气。小鹿摆着大耳朵,离我越来越近。我清楚地看见了它背上的斑点和黑鼻子。小鹿忽然停下不动,凝视着我,然后一瞬间消失在茂密的灌木丛中。此番风景,宛如绘本。

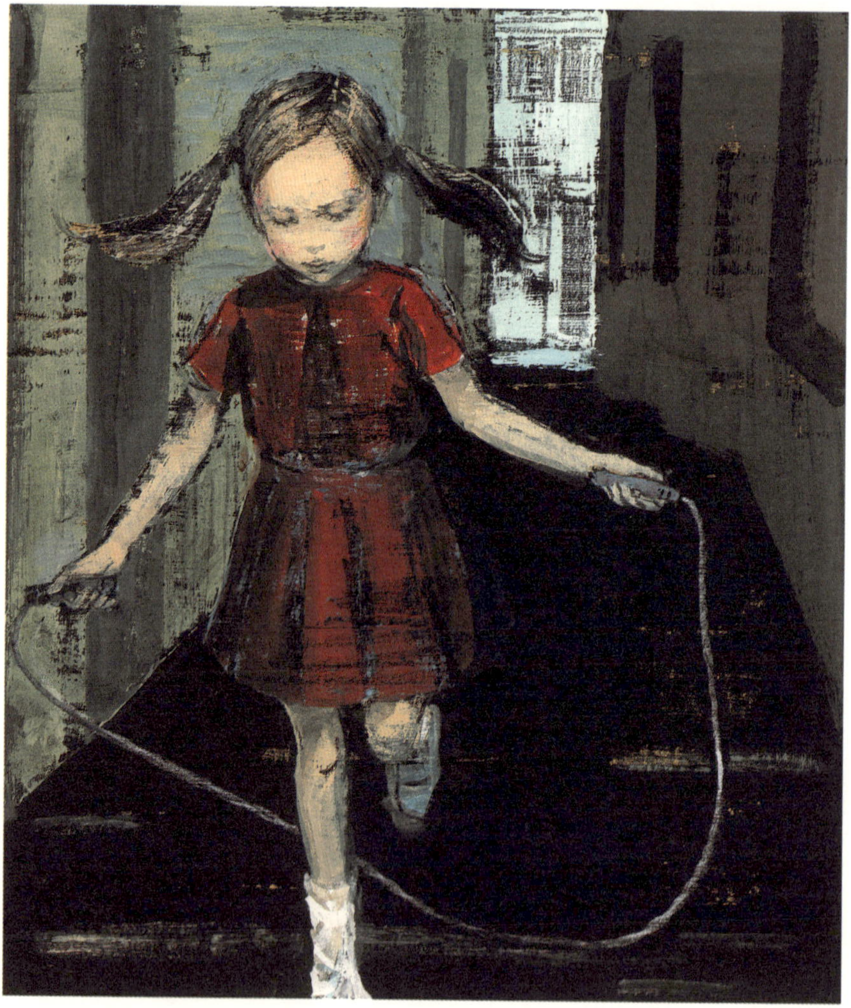

9

碧
凤
蝶

山柳正值花期,枝条上垂落一穗穗白色花朵。黄蜂、金龟子和天牛纷纷赶来,沉醉在甘甜的花蜜中。一靠近山柳,虫儿们扇动翅膀的声音和似火热情就让我的耳朵嗡嗡作响。

　　近在眼前的一穗花朵上,停着一只大碧凤蝶。它正颤动着黑色翅膀,带劲儿地吸食花蜜。小时候,我曾经用帽子罩住过一只同样颤动着翅膀、停留在杜鹃花上的碧凤蝶。轻而易举逮住蝴蝶的我,高兴得抱着帽子撒腿就跑回了家。我想把蝴蝶养在阳台上废弃的鸟笼里,轻手轻脚地把它从

帽子里转移到鸟笼中。可蝴蝶却突然惊慌失措，用它黑色的大翅膀扑打着铁笼子，不断挣扎，眼看着翅膀就受了伤。我害怕起来，一边哭一边抓住笼子倾倒，把蝴蝶放走了。

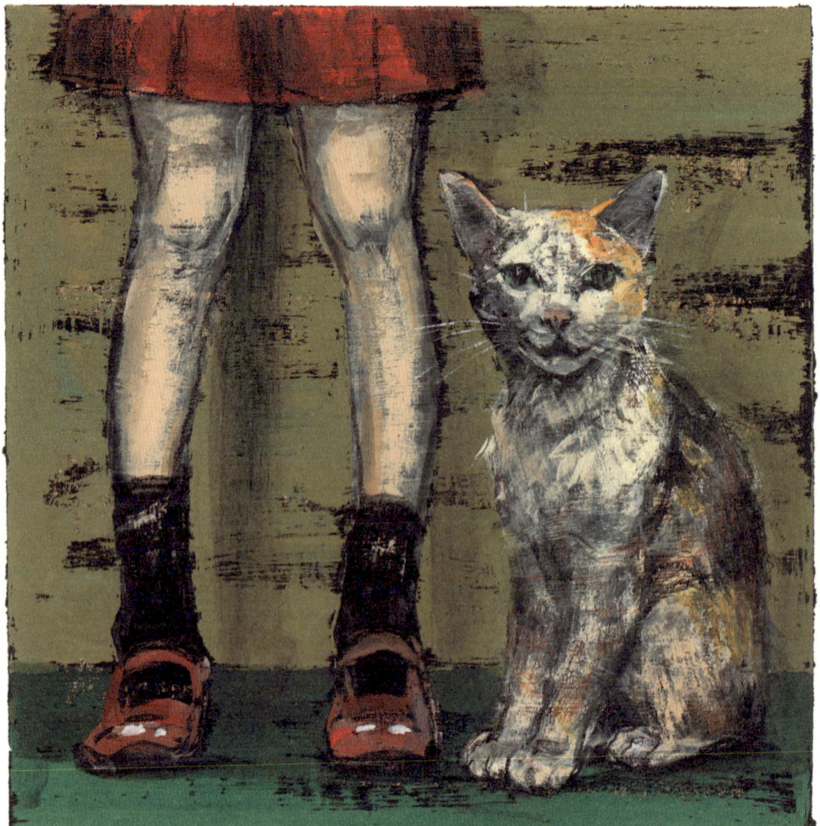

10

鸟儿们

一到黄昏时分，小鸟们便成群结队地来到我家门前的杂木林玩耍。这些和麻雀差不多大小的鸟儿并不是同一种类，它们大概属于三个品种，各自组合在一起集体行动，还有两只啄木鸟夹杂其中。彼此之间语言不通的鸟儿们居然能一起玩耍，真是不可思议。它们一同到来，又一同离去。

鸟儿们自始至终"啾啾""哧哧""咕咕"地不停聊天，飞来飞去。其中一只"嘭"地猛然撞上了房子的外墙。我在心里惊呼："不好！"只见它蹒跚地站起身，摇摇晃晃，好不容易飞到近处的一

根枝条上停下来。它恐怕是脑震荡,虽然在枝头站定,却依然显得迷迷糊糊。这时,两三只和它种类相同的鸟儿飞来了。有的停在它身边观察它的状况,还有的在另一个枝头上关注着它。太阳就要下山,其他的鸟儿们开始归巢。撞伤脑袋的鸟儿和它的伙伴们,直到天黑它们都变成了剪影,这才飞走。

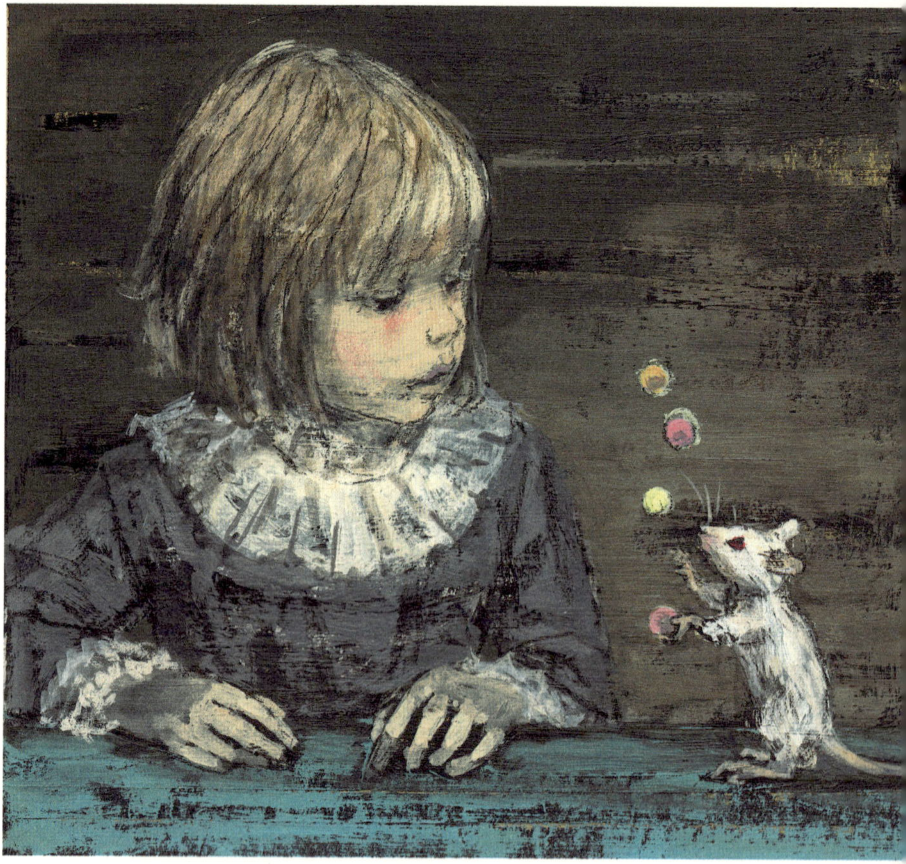

11

家

我家养了两只猫。它们俩虽然是姐妹，但不是同一个父亲，长相和性格也不一样。姐姐似乎不喜欢我在山里的房子，带它来住了一周左右，它总是在发脾气。后来，它渐渐安稳下来，却一副赌气的模样，在太阳底下一动不动。

妹妹好像喜欢山里的生活。它早早地来到院子里，在杂草丛中兴冲冲地闻来闻去。嗅嗅风的气味，追赶爬虫，忙得不亦乐乎。就算我唤它回家，它也总是不进屋。如同稀罕乡下假期的城里孩子，一直在外面玩。

一个半月后我们回到东京。猫姐姐似乎松了口气,趴在窗户边的瓦楞纸箱里呼呼大睡。猫妹妹也爬到我的床上睡觉,身体舒展得像根圆棍子似的。两只猫都很放松。我不由得心生歉意:原来山里的生活是种负担啊。而我这个人类,却一到家就感冒了。

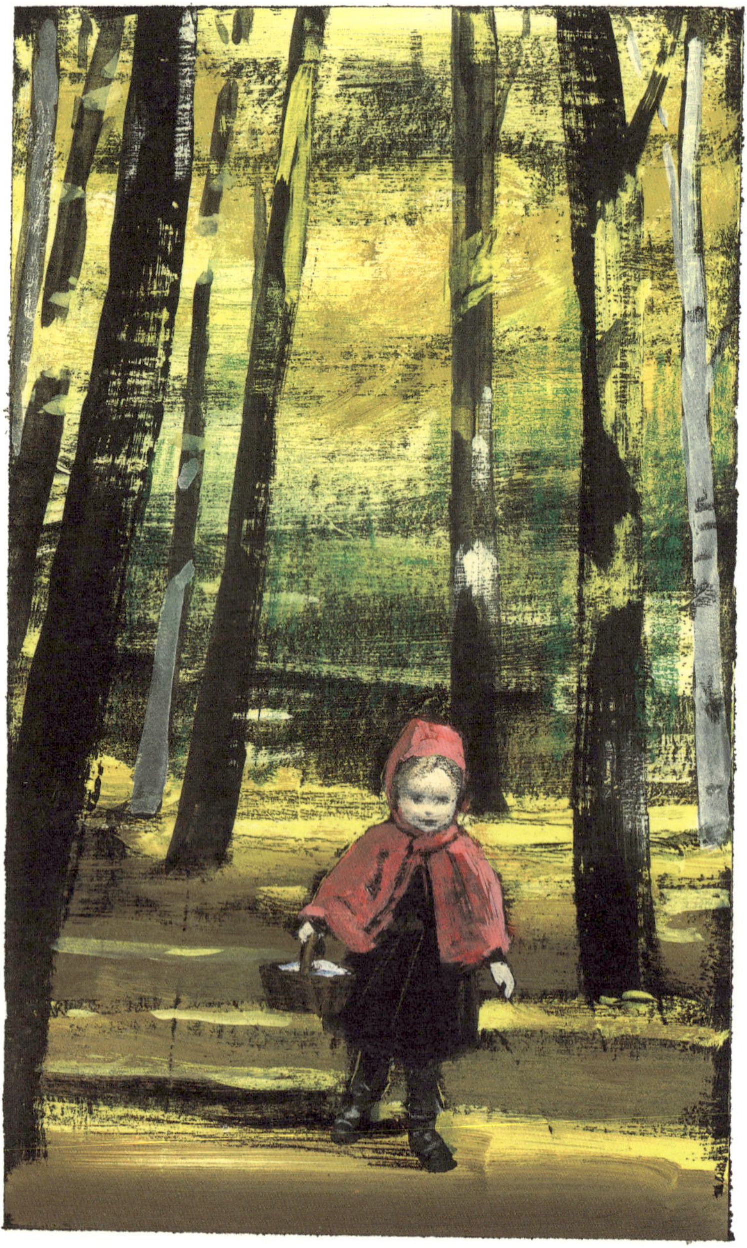

12

高楼

我在高楼与高楼之间的人行横道上过马路，忽然发现前面的行人头上飘荡着什么。这东西半透明，发白，和人的脑袋差不多大。轻盈地飘荡，忽上忽下，跟着人往前走。接着又突然轻飘飘地回到了高处。看上去像只塑料袋。

塑料袋兜着风，鼓成了一个球。似乎要落下来，却又稳住了，看上去就像有生命，仿如人的灵魂。在它下面，人来人往。我走到马路对面，回头一看，它还飘在半空中。

来到高楼边，我看见那里站着五六个初中生

模样的男孩子，斜挎着一模一样的运动包。男孩子们默默无语，愉快地注视着高楼。其中一个人用手指摆出手枪的形状，对着高楼上下比画。其他孩子也模仿他摆出同样的姿势来。他们欢喜地渐渐弯腰仰身，就像在数着高楼究竟有多少层。

La chute des anges rebelles

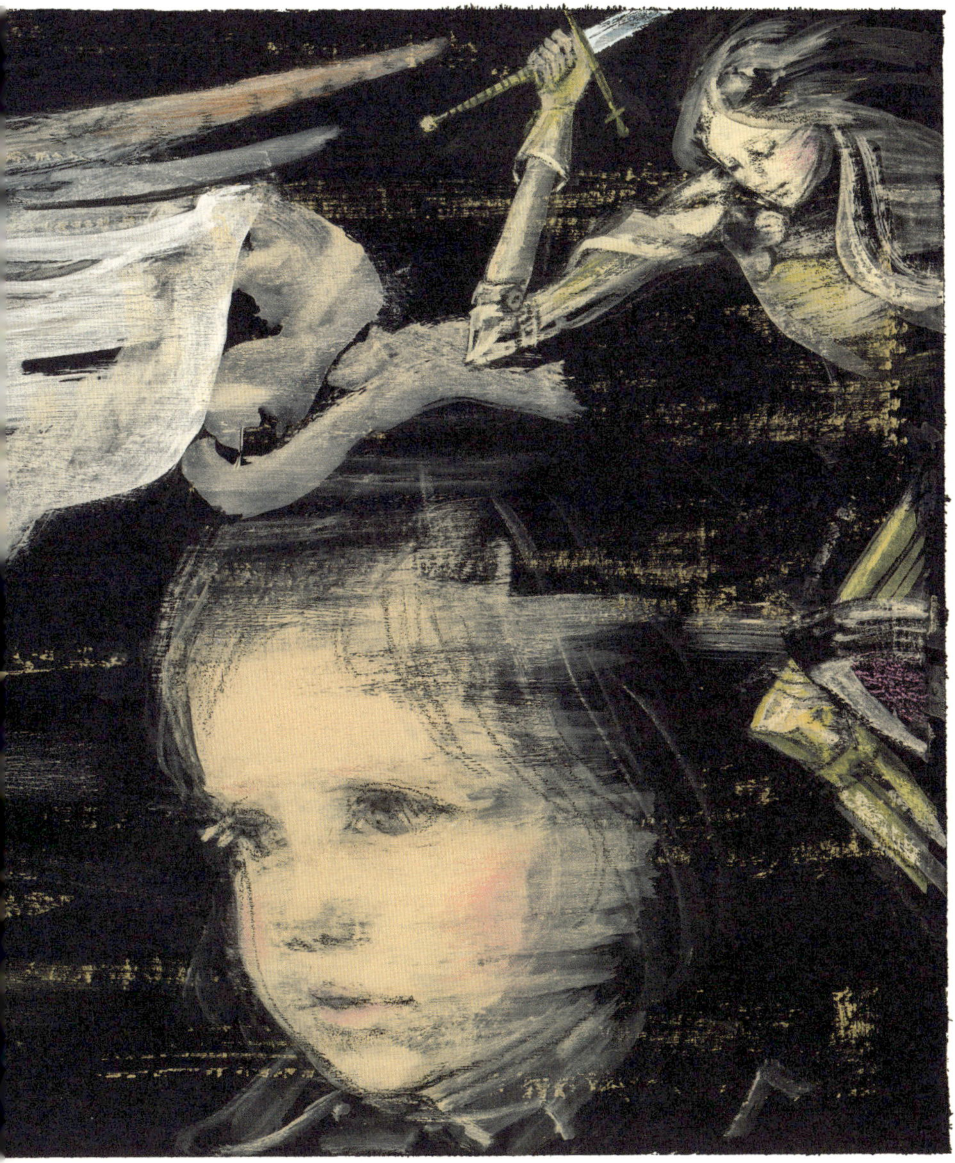

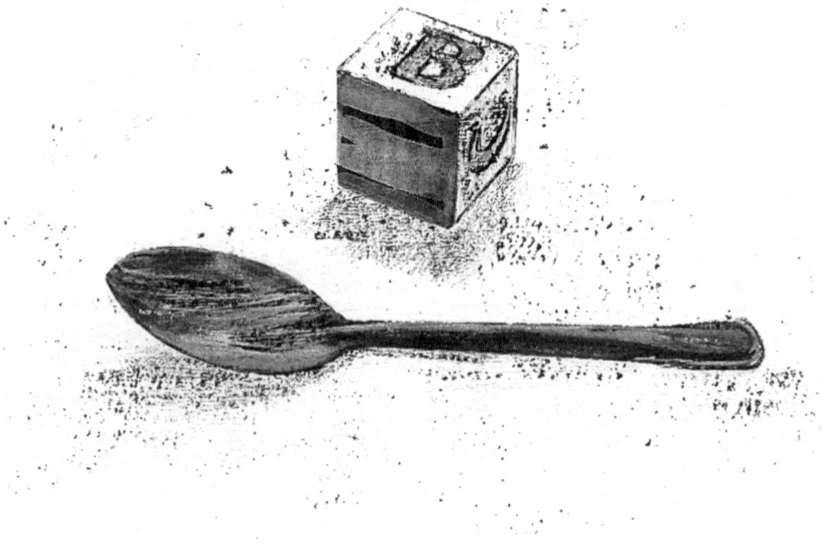
B

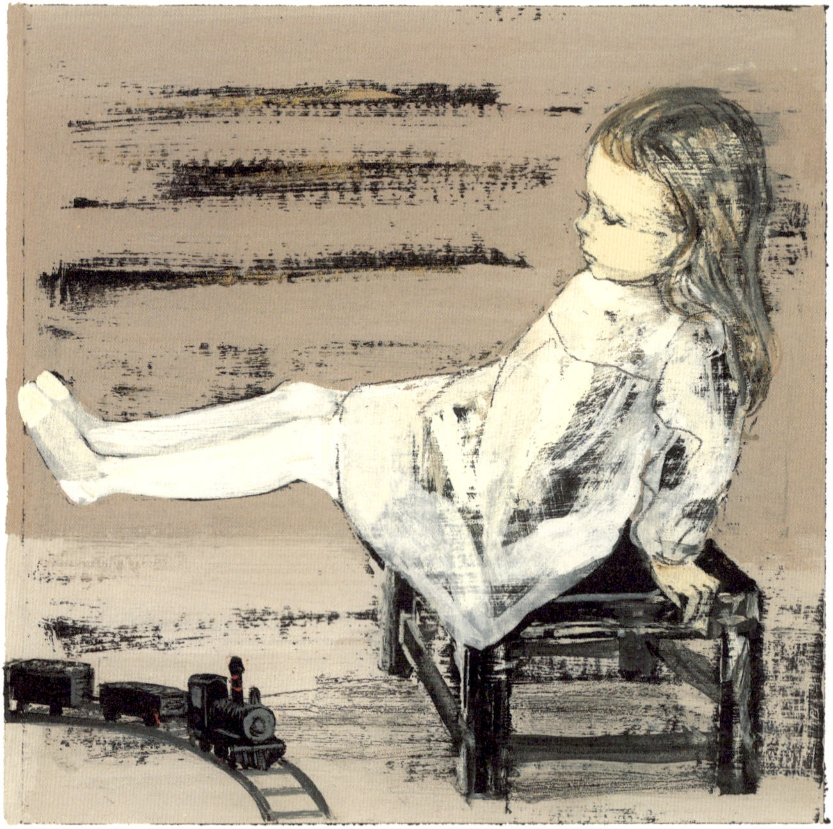

13

落叶

树叶在我身后不断落下。红色、黄色、茶色和橙色。道路上铺满落叶，踩上去沙沙作响。

在纷纷落叶的另一端，我看见了漫步的行人。老爷爷、青年女子和孩子。那是个男孩子。三个人静静地缓缓前行。

爷爷和女子在一棵树下停住脚，仰望树梢聊起天来。他们聊了很久，孩子则在大人身边绕着圈子走来走去。不一会儿，孩子离开他们俩，朝我这个方向走来。他迈着奇特的小步子，就像脚擦着地面轻轻走动的能剧演员。他在腰间摊开手

掌,就像在说:"向前看齐些!"孩子目不转睛,横扫落叶,一言不发地向我靠近。眼看就要撞上我时,他忽然与我擦肩而过。落叶伴着无声的汽笛四处飘扬。原来孩子在扮火车呀。

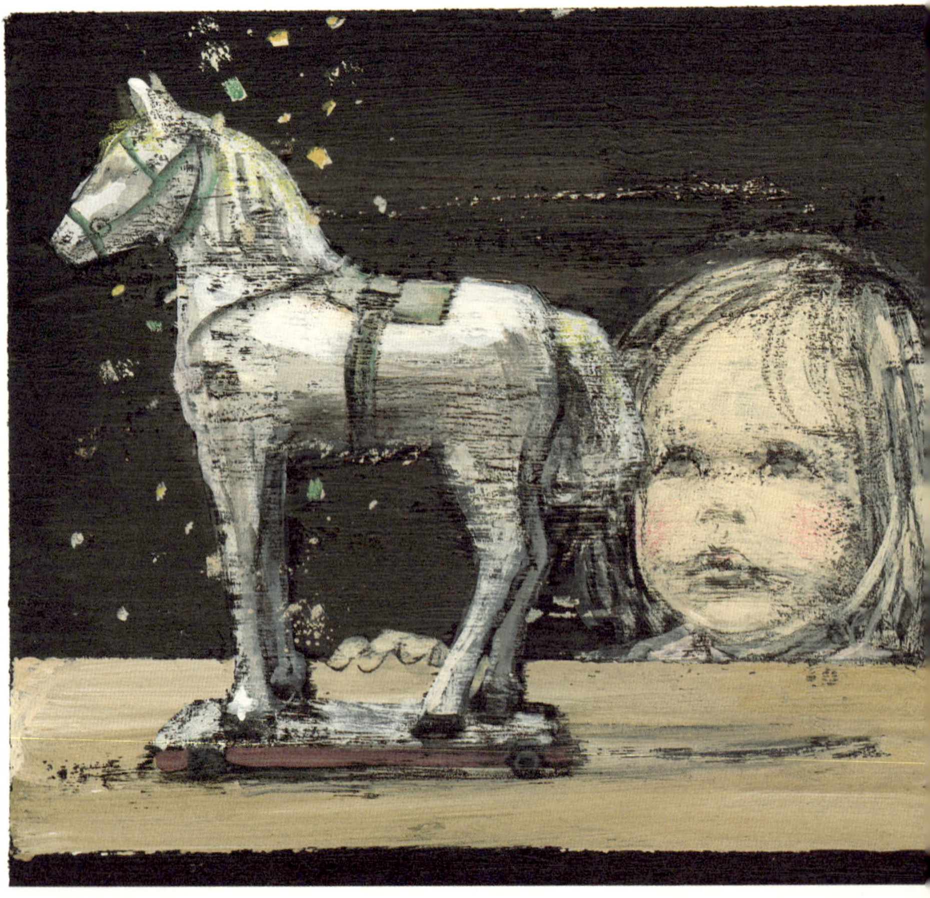

14

父女俩

买完东西回家,我看见次郎吉在楼梯上打盹儿。我进屋放下购物袋,再拿起猫食口袋出来一看,猫儿已经昂着圆圆的脑袋,在外头的盘子边等着了。

次郎吉是只全身有着黑黄色虎纹的流浪猫,我觉得它是这一带最厉害的猫。其他猫一来,它就会发出可怕的声音恐吓它们。直到三四年前,它还成天打架,可最近老实了些,身体也变小了,大概是上年纪了吧。

这个次郎吉领来了一只小猫。说是小猫,也

就才六个月左右,是只脸蛋瘦长的漂亮小猫,模样和次郎吉一模一样。我和家里人说,这一定是次郎吉的宝宝,是小吉呢。小吉是只小母猫,有一天,它忽然开始呜呜叫着四处逡巡。公猫来了,惹得次郎吉大声恐吓。这可麻烦了,怎么办呀——我们正在家里犯愁,却听见了外面的声音。一瞧,次郎吉已经跨在了小吉身上。

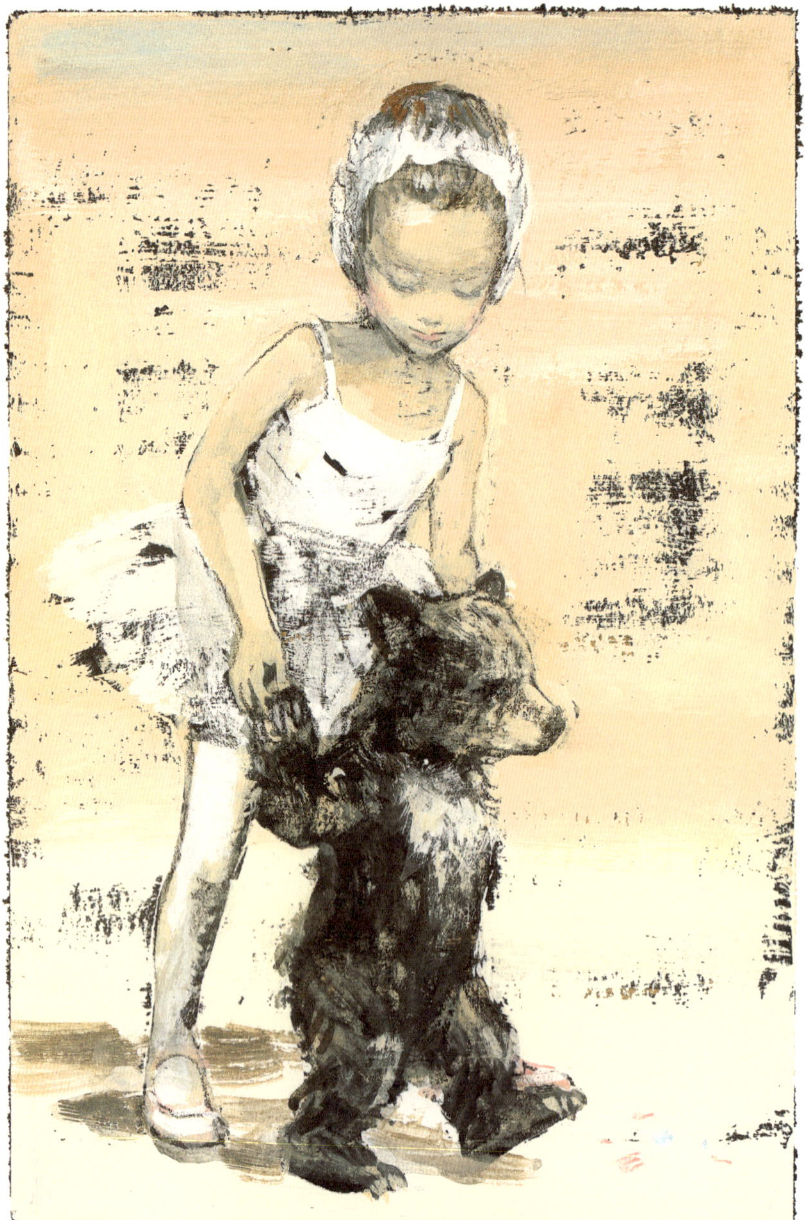

15

半途中

今天气温低。天空阴沉沉的，前天下了雪，四周依然白雪皑皑。道路彻底上了冻。我给轮胎套上铁链，缓缓向山下开去。

我走进孤零零伫立在田野中的一座古老建筑物中。据说这里以前是幼儿园。和外面的形象完全相反，屋子里人很多，济济一堂。墙边上摆放着很多名叫圣诞玫瑰的盆栽植物。它们如同野花一般招人喜爱，可是有些价格却高得惊人。人们有的在认真观赏，看得双颊潮红，有的则五六个人聚在一起聊天，说着我听不懂的话语。大概是

在讨论植物的杂交。

到了东京，天色晴朗得令人难以置信。天气很暖和，于是我沿着河边步行去买东西。桥边上有人掉了一只手套，两三岁孩子戴的、小小的毛织连指手套。我想拥有它，但只是想想就从它旁边走过去了。我想把它套在小狐狸细棍儿似的爪子上试试。

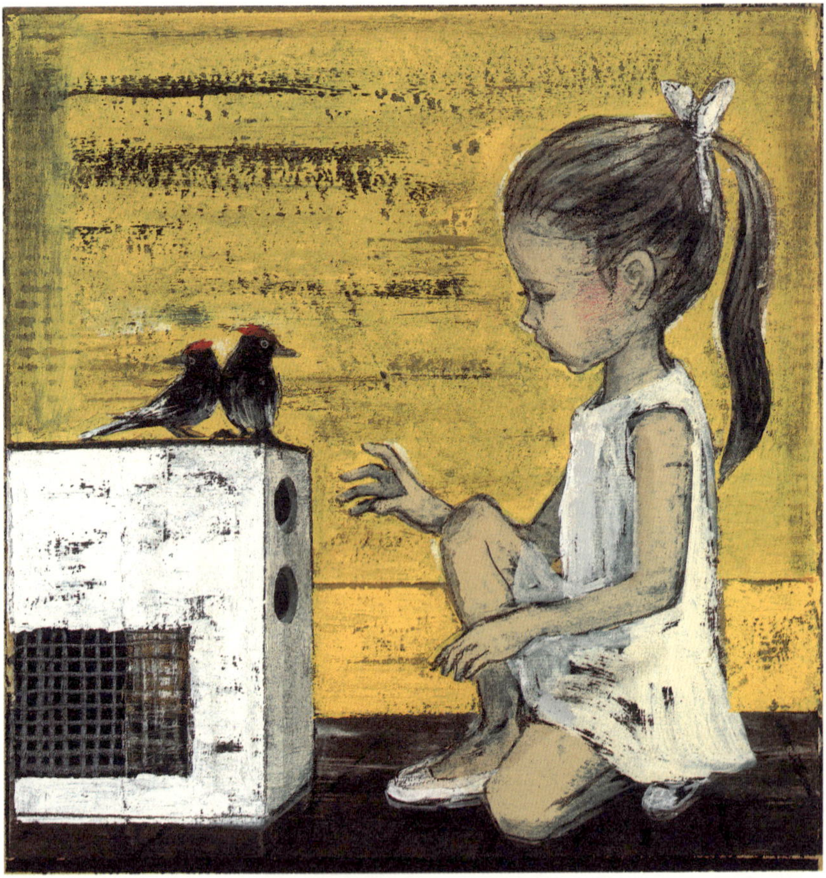

16

军用飞机

中午时分,我出门捡松果,打算把它添在壁炉里。忽然,我听到轰隆隆的噪声,就像要刺破我的鼓膜。抬头一看,原来是一架大得惊人的飞机。一眨眼工夫,它就飞走了,消失在山的另一面。我吃惊得呆立在原地。

这是足以撼动整片森林的低空飞行。不是民用飞机,而是一架土黄色的军用飞机。它不是小型飞机,而是一架体积更大的飞机,胖墩墩的,表面平坦。

我回忆着刚才眼前的景象,想要记住它。然

后，我又继续捡起松果来。松果含油量高，易燃，很适合用来引火。

我想，刚才那架飞机或许是在进行演习。我头一回如此近距离地看见正在飞行的军用飞机。落叶松的森林和土黄色的机体有着不稳定的对比，一次又一次出现在我脑海中。机体上除了前挡风玻璃，没有一扇窗户，像个黏糊糊的生物。

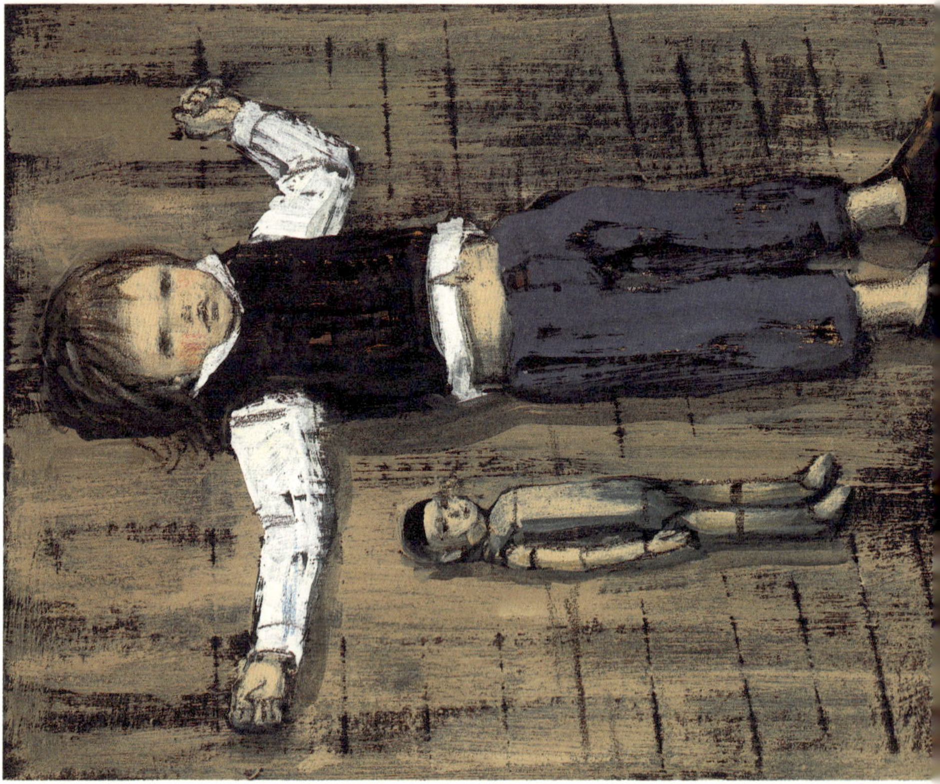

17

小家鼠

我去了山坡上的小动物园。我沿着铁笼子向前走,挨个看了黑猩猩和小熊猫,来到了一个小广场。小广场上有四张桌子,桌上分别放着小鸡仔、土拨鼠等小动物,牌子上写着可以触摸,也可以抱它们。

我去了小家鼠的桌子。好几十只小家鼠聚在铺着木屑的箱子角落,挤成一团。小家鼠白白的,耳朵、鼻尖、小爪子和尾巴却粉粉嫩嫩。我轻轻抓起一只捧在手心。柔软娇弱,像块年糕似的。我把它放在手臂上,它一眨眼就爬到了我的肩膀上。

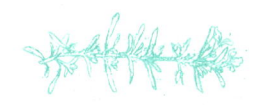

这时,我听见广播里说:"动物们的休息时间到了。"同时,一根卷着麻绳的棍子哧溜哧溜地从上方伸到桌上,于是小家鼠们争先恐后地爬到棍子上,转眼间消失了,就像在变魔术。

刚才立在我肩上的小家鼠也不见了踪影。

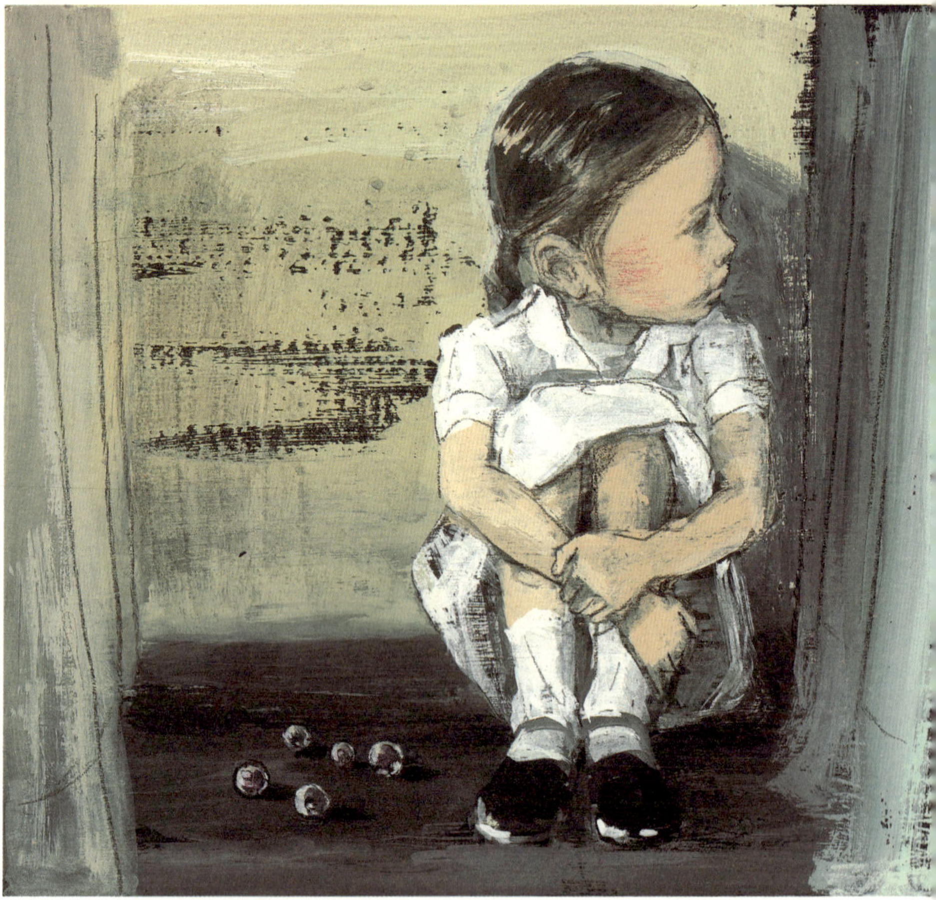

18

男人

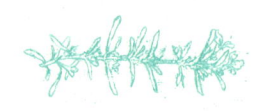

我去山坡上的小动物园给小家鼠拍照。来到养小动物的广场，我看见幼儿园的小朋友正好来集体参观，热闹非凡。工作人员告诉孩子们："不要使劲抓住动物哟。要把手摆成碗的样子，轻轻地捧着它。要温柔些，温柔些……"

我钻进孩子堆里拍照，眼角的余光却留意到了什么。回头一看，原来是一个男人怀抱一只大白鸟，坐在长椅上。男人长相奇特，看不出年龄。他冲着正前方低着头，把脸颊埋在鸟的身体里发呆。这鸟像是广场里放养的鸡，在他怀中安静得

不可思议。

  我继续观察他,但是这样未免不礼貌,于是我开始继续拍照。过了一会儿,我再回头去瞧,发现男人已经站起身来,正搂着站在他肩上的鸡,慢悠悠地,慢悠悠地走动。

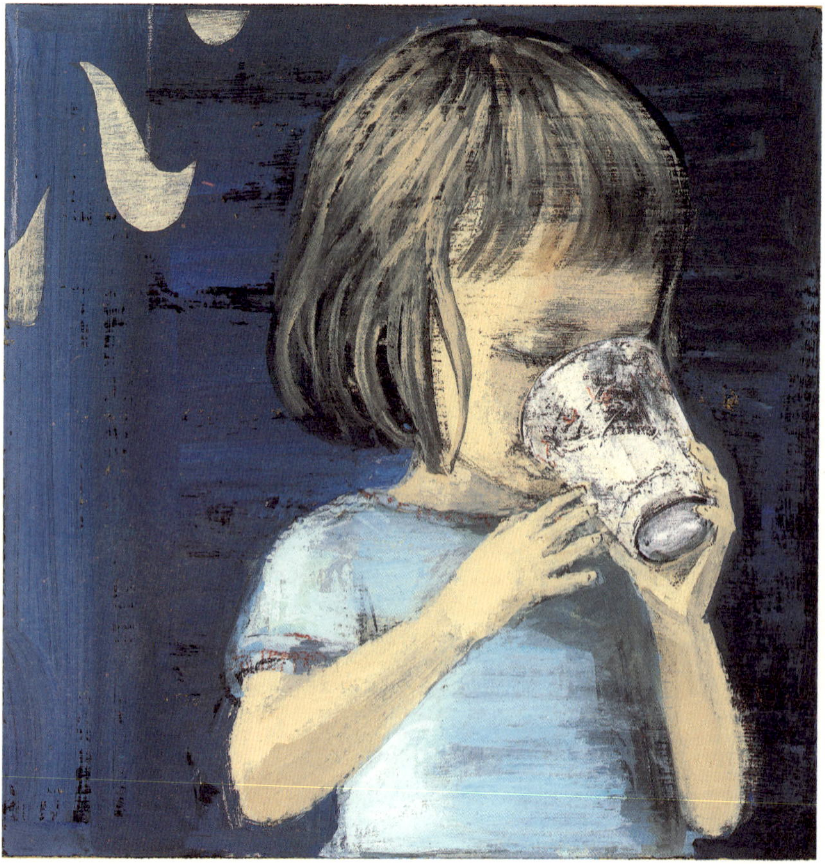

19

初夏

我在蔬果店买了白萝卜和樱桃。店门旁边，乱糟糟地堆着瓦楞纸箱，有一只小老鼠在那里晃悠。它和小家鼠差不多大，但是黑黑的，像是只小褐鼠。它有着幼崽特有的柔软绒毛，眼珠就像黑曜石。它正在一个劲儿地玩卷心菜的菜帮子，时而咬上一口，时而又拽一下。我忽然听到一个声音说："看入迷了吧？"我回头一看，原来是位高雅的老婆婆正在我身后微笑。我回答着"还真是入迷呢"，和她一起继续注视着小老鼠。

来到公交站，那里站着两位女子和一个上幼

儿园的女孩子。女孩子头发长长的,穿着粉色连衣裙,胖乎乎的,戴着一副镜片厚厚的眼镜。她把脸凑近公交站旁边的大型多肉植物,发呆似的用手指触摸着叶片。看上去像是她妈妈的那个女子对另一个人说:"她知道叶片很光滑哟。"

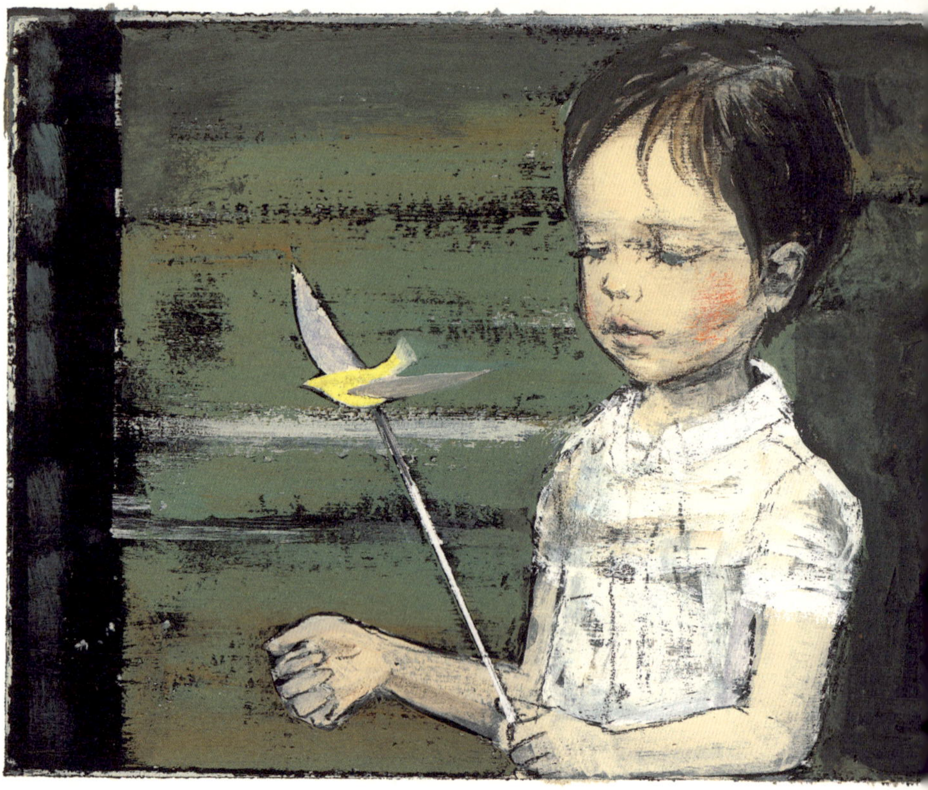

20

夏天

夏天到了,森林也躁动了起来。黑瓣宁蝉的声音响彻整座森林。这种在城市里见不到的蝉,唱的是双声部合唱。首先是"呱——呱——"如同雨蛙一般地歌唱,接着又变了个调,转成夜蝉"卡那卡那"的声音。"呱——呱——卡那卡那卡那——呱——呱——卡那卡那卡那——",整片森林都在作响。

盛开的野茉莉白得耀眼。树下所有的枝条都绽放着星形的白色小花。无数的花朵沉甸甸地压弯了枝条。马蜂和野蜂嗡嗡嗡地来回穿梭,吸食花蜜。它们忙忙碌碌地在花朵上挨个停留,把脑袋扎进花芯,只露出天鹅绒似的圆屁股晃来晃去。

蚂蚁在我脚边漫步。还有长度接近两厘米的巨大黑蚂蚁,看上去像是刚刚结束新婚飞行的蚁后。它鼓着圆溜溜的肚子,没有同伴,正在独自寻找建造今后王国的土地。

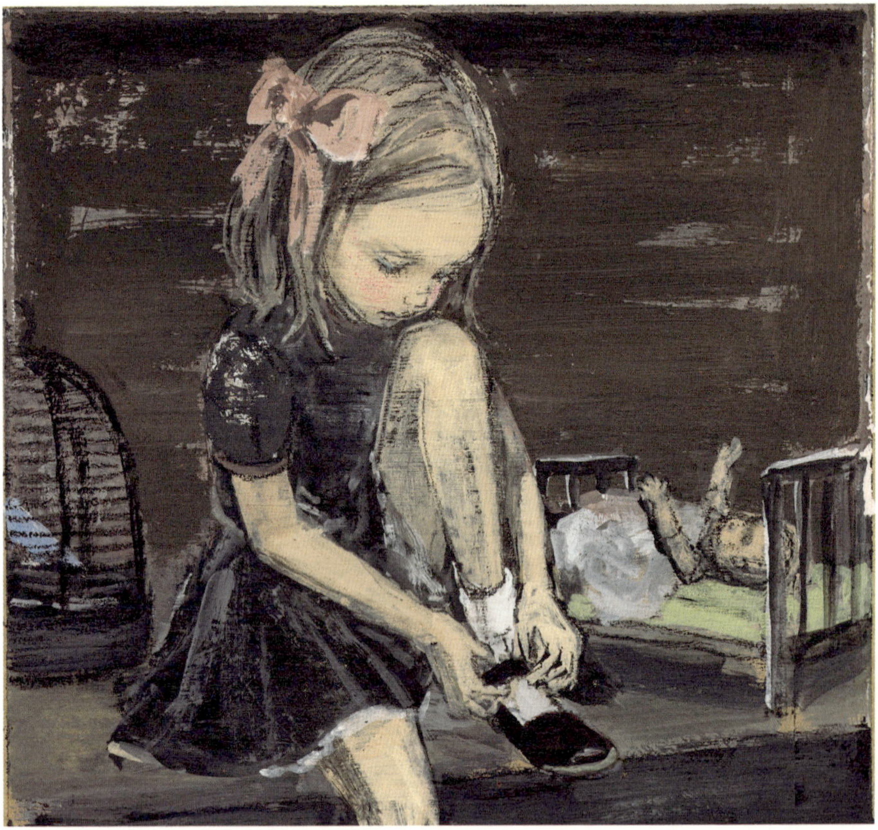

21

雾

起雾了。一早就下起了雨。我朝窗外望去，想看看雨势如何，却发现对面的森林起了雾，笼罩着林梢。紧接着，眼前的风景一瞬间变成了白茫茫一片。我们的小屋也被笼罩在巨大的白色雾团之中。我高兴地跑到外面去。

四周真的是一片雪白，连一米开外的东西都看不清。这种与世隔绝的感受给我带来了奇妙的安心感，让我心情舒畅。还有雾的粉香扑鼻而来。

我在家门口的路上缓缓而行。虽然雨还在下，但或许是因为我头上树枝交错，所以并没有淋得太湿。倒在路边的树干下面,生出了山绣球,在雾中朦朦胧胧地绽放。

红松的根部长出了白色珊瑚似的东西,长度大概二十厘米。我轻轻地摘下它带回家,在图鉴里查找。原来它是一种叫做绣球菌的蘑菇,好像味道不错。我把脸凑近它,就闻到了粉粉的、雾一般的香味。

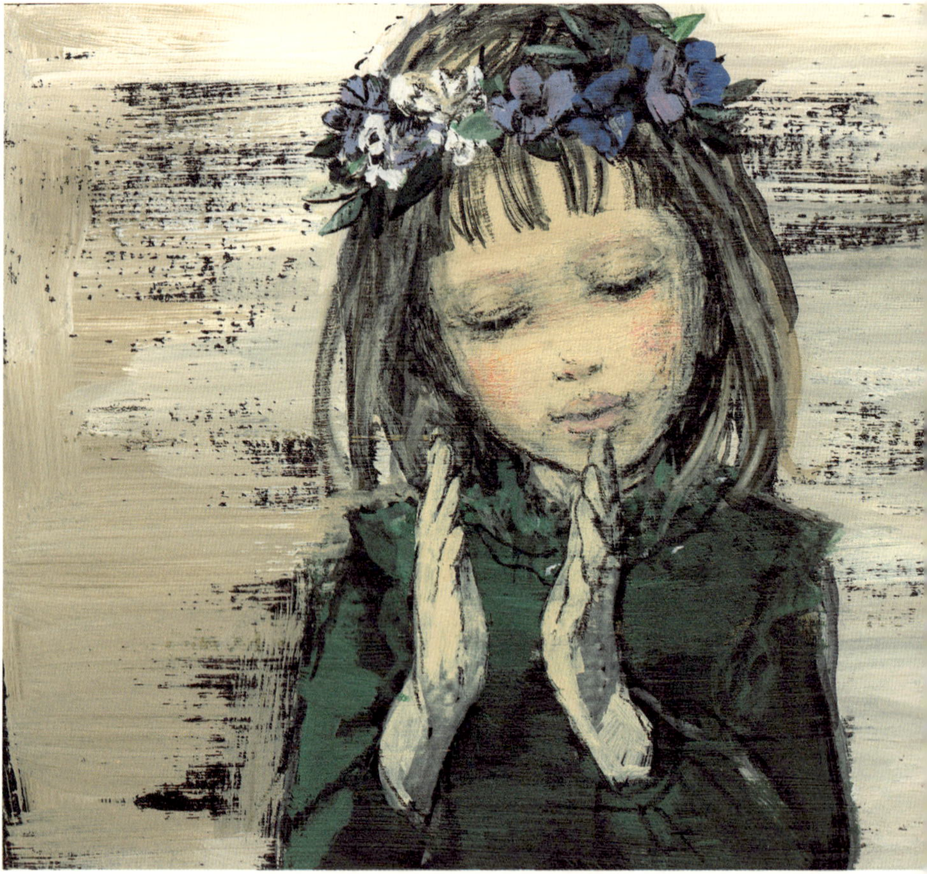

22

秋草

秋天的花开了。龙牙草、珠光香青、仙人草、地榆、柳叶白菀和轮叶沙参。花的名字，无论在图鉴上查找多少遍我也记不住。

一条纤细的带子从我脚边滑过。蛇！——我在心里想着，轻手轻脚地追上去，它却已经从小仓库的铺路石和一年蓬之间迅速逃跑了。那是一条长约三十厘米的纤细的蛇。应该还是条小蛇。

我曾经触摸过小蛇。新宿一座神社举行庆祝活动的时候，有一个耍蛇的男人让一条蛇滑入我手中。那是一条还不到十五厘米长的蛇宝宝。它那银丝般的舌头在黑暗中飞快地活动着,快得几乎难以看清,如同纸捻花的小火花。

我刚才看见的蛇,头上有一条明艳的黄色线条。我一查,发现它是虎斑游蛇,有剧毒。可是,资料上又说它胆子小。我脑中浮现出一个形象来——住在小仓库的下面,在一年蓬的根部,有剧毒,却是内向胆小的孩子。

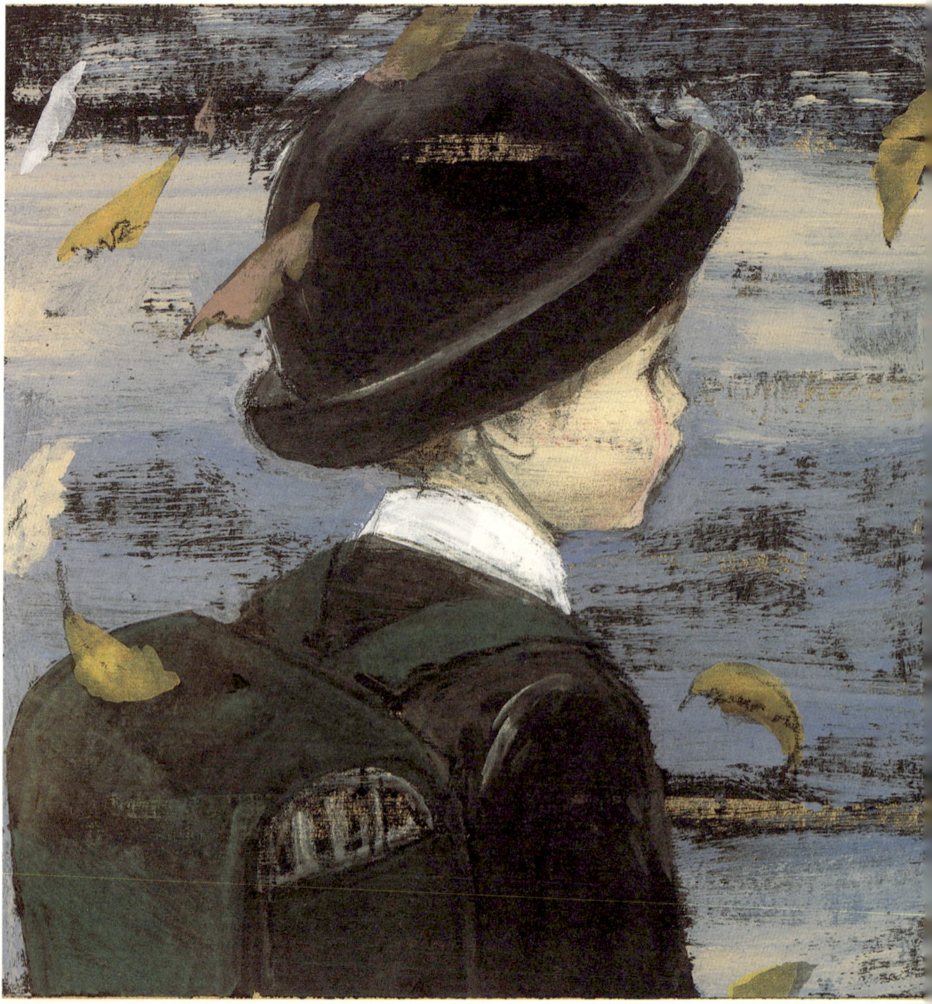

23

小山雀

清晨，我打开二楼的窗户，发现窗下的屋檐边躺着一只小鸟，一动也不动。我想，它一定是在森林里飞着飞着，没注意到房子的存在，一不小心就撞上了。我用带有长柄、剪高处枝条的修枝剪轻轻地将小鸟从屋檐上拨下来。

我捧起落在地面上的小鸟，它还残留着些许余温和柔软。我用手指抚摸它的胸口，想看看它是否还有心跳，却发现它的双腿已经僵硬。

小鸟脑袋黑黑的，面颊上有白色斑纹。后脖颈儿是茶绿色的，其他部分都是泛着淡青的、柔

和而美丽的灰色。我查到它叫小山雀，一双眼睛老老实实地紧闭着。

　　我取来铲子，在屋子旁边的枫树底下刨土。树根在土里盘根错节，很难挖。我挖出一个恰好能让小鸟躺下的巢穴，把它和摘来的野菊花一起埋了进去。我在上面撒上泥土，又掩上了散发着清香的松叶。

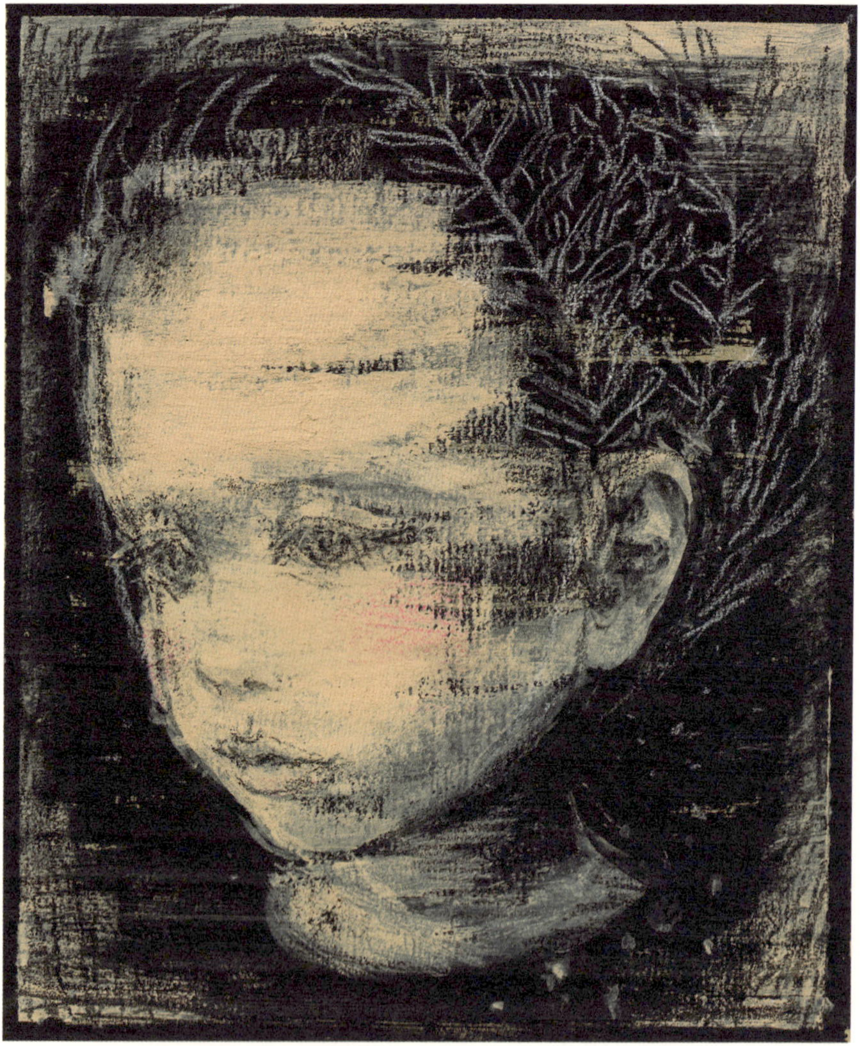

24

隧道

森林里有一条小隧道。十米左右的黑暗前方，就是鱼糕形状的隧道口，露出了隧道的"那一端"。"那一端"和"这一端"相同，都是绵延不绝的森林。可是，在这黑暗轮廓前方的森林，却充满神秘色彩，宛如另一个世界。

隧道中流淌着一条河。为了不被它的浅流困住脚步，我在昏暗的混凝土中猫着腰前进。很快就来到了"那一端"。多么明亮。

阳光从高耸的白桦树之间洒进来。在远处的斜坡上，受惊的鹿群正在朝着坡顶飞奔。比起刚

刚还是"这一端"的隧道对面,这一侧的水流更为湍急,它在一人高的岩间形成一道道小瀑布,抑或积成一汪汪水潭,向隧道的"那一端"流去。

我蹲下来把手浸泡在水中。河床上铺满了数不清的石头。我一块块地取出观赏,又放回了原处。

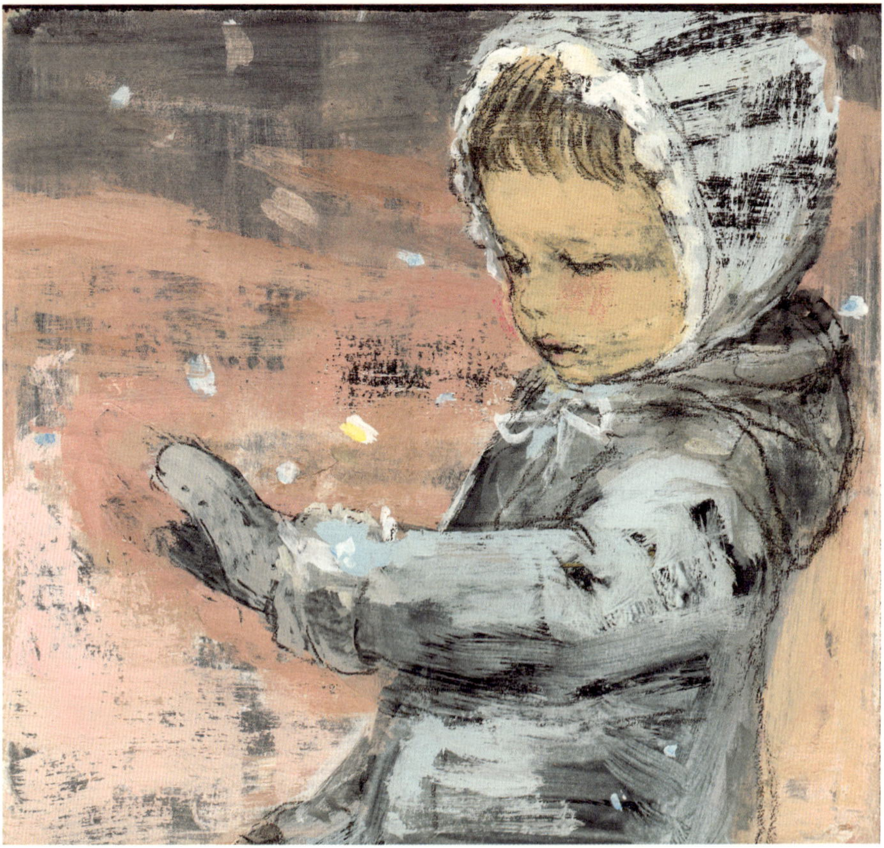

25

苹果

家里人因为工作原因回东京了,所以我独自一人在山里的家中生活。说是一个人,其实还有两只猫陪伴,所以并不孤单。独自一人时,让我感到为难的是没有汽车的生活。

东西快吃光的时候,我背着登山包下山去。沿着一个接一个的弯道,走上三十分钟左右就是轨道了。穿越森林的轨道是一条单轨,轨道上方露出了蔚蓝的天空。跨过轨道进入林中小道,走一段路就是温泉的停车场。停车场里有一个市场,出售附近种植的蔬菜,以及家庭作坊制作的面包

和菜肴。我买了西红柿、土豆、青椒、奶油面包和豆沙面包。犹豫片刻,我又买下了写着"新鲜采摘"的苹果。很久没有购物的我就是个贪吃鬼。我把所有东西塞进登山包,沉甸甸的。虽然如此,我还是一路走,一路把发现的蘑菇摘下带回了家。好不容易回到家中,我咬了一口苹果,却发现味道怪怪的。

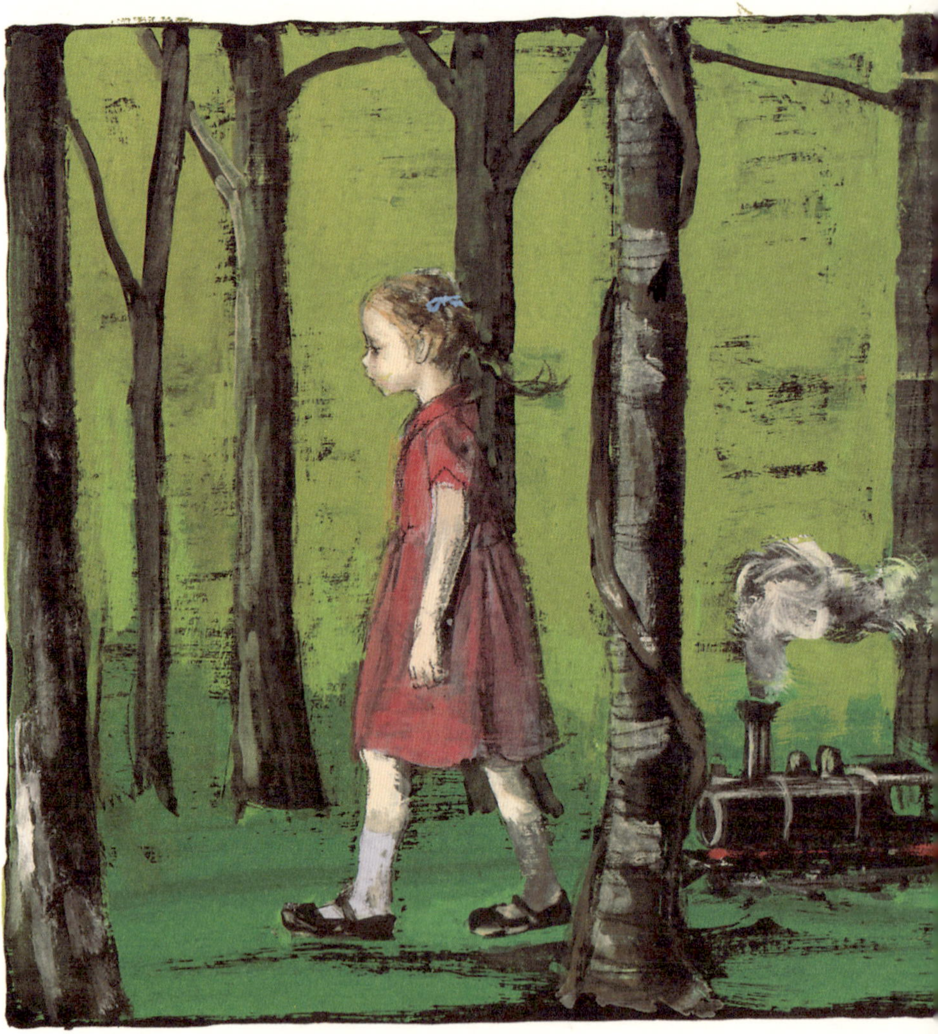

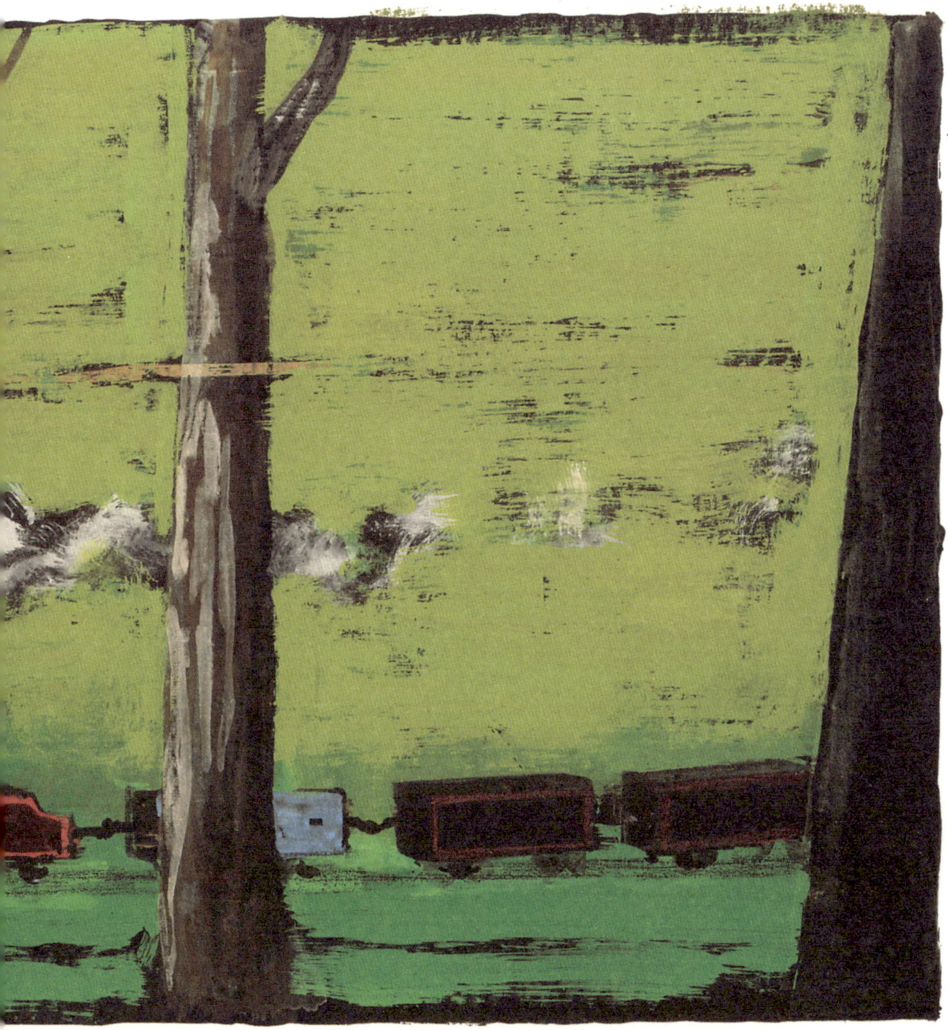

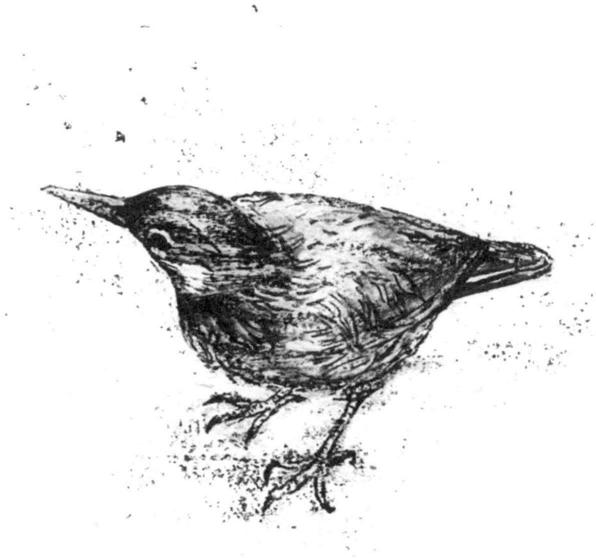

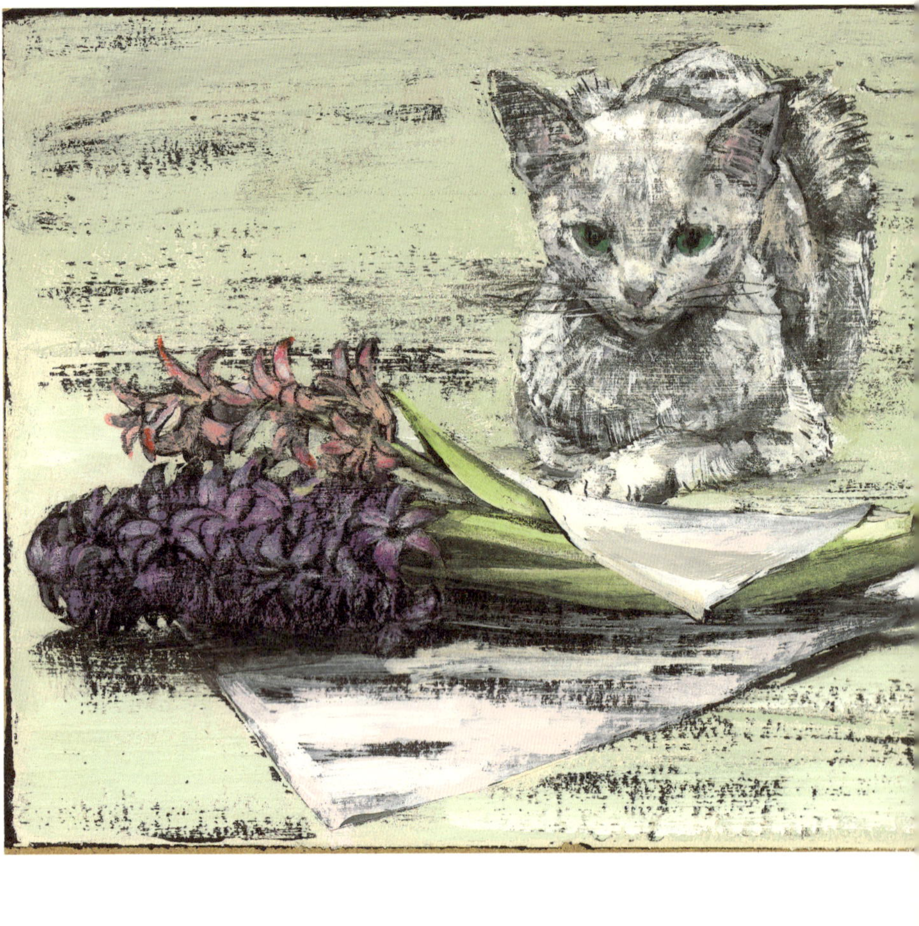

26

声音

清晨，我睁开眼，发现外面已经积雪了，大约三厘米厚。天空已经彻底放晴，积雪看来不会再增加了。小鸟们精神饱满地齐声歌唱。我穿上外套来到室外。

路上布满小小的足印。它们有的交叠着，有的孤零零，离开道路向森林深处延续。这或许是只狐狸。我跟着足印向前走。

进入森林，头顶上立刻从四处传来"咔咔咔""咯咯咯"的声音，就像有人在用石头敲击树木。那是啄木鸟。普通鸟儿从一根树枝飞到另一

根树枝，而啄木鸟则是从树干飞到树干，然后敏捷地向上垂直移动，比起鸟儿，它看上去更像一只小兽。

耳边传来的人声让我停下了脚步。当我以为自己听错了、继续向前走的时候，却又听见了这个声音。我停下来环视周围，发现林子深处有一棵倾斜的落叶松，似乎这就要倒下，声音就是从那里传来的。风一吹过来，它就摇晃起来，发出如同女子哀鸣般的声音。

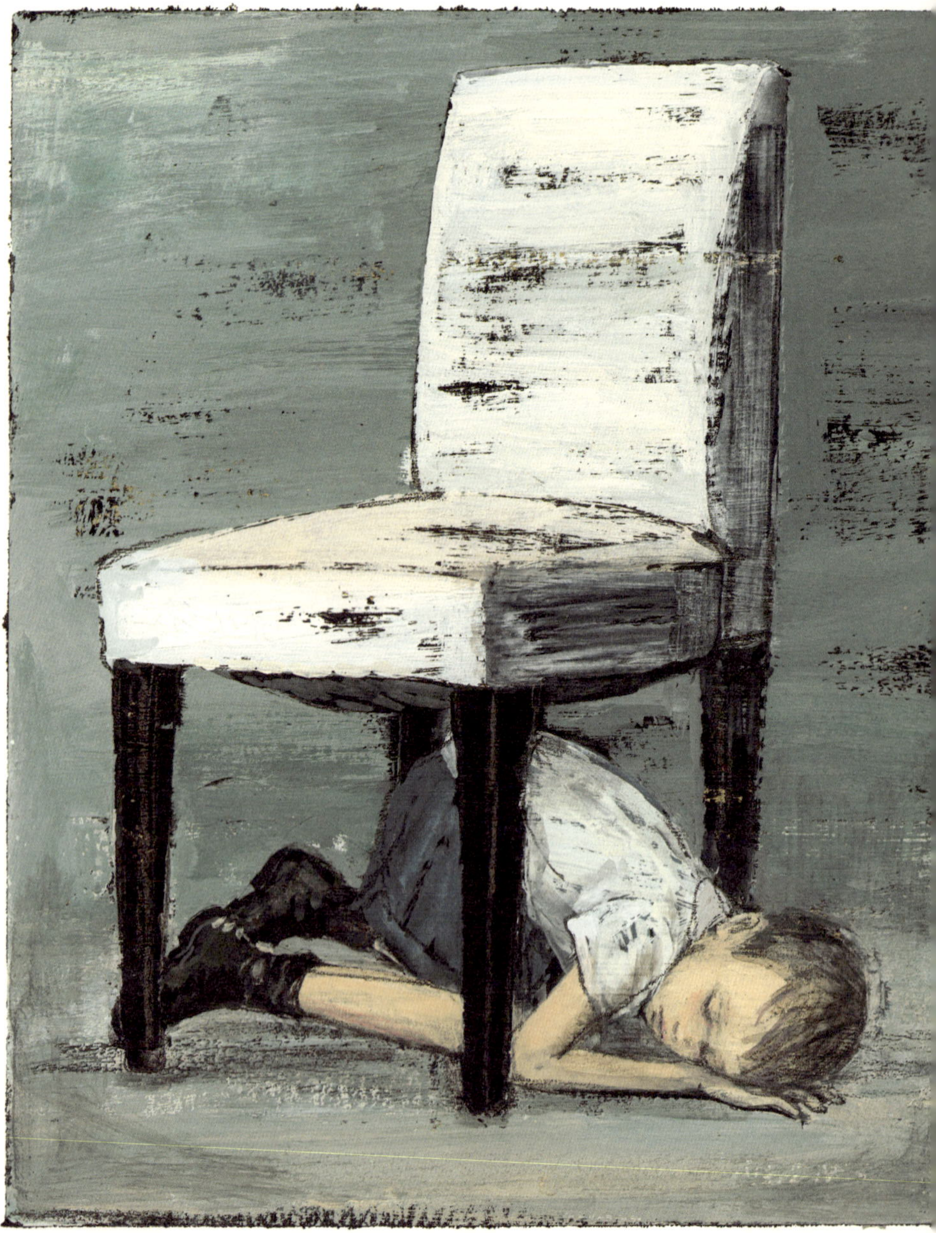

27

猫和风信子

我收到了一束风信子。我把它插在花瓶里，放在一楼没铺地板的地方。每当我从二楼下来，穿过那里的时候，就会闻到风信子的香味。

"风信子真好闻啊。不过，这个气味我好像在哪里闻到过，是什么呢？"我问家里人。他答道："这不就是小学教室里的气味吗？"经他这么一提醒，我想起来了，上课的时候我们曾经做过风信子球根的水培呢。甜香和浑浊的水掺和在一起的独特花香。

我打算睡下，关上了灯。没过一会儿，小猫

就扑通一声跳上了床沿。小猫每天都在我怀里睡觉,可今天却不着急钻进被窝。它在我枕边静静地蹲着,片刻之后才钻进被子里。蹲在枕边的时候它还特别固执,怎么叫都叫不来。我非要把它揽到身边,它却又一次溜下床去。可是不知何时,小猫又蹲在了我的枕边。它是在等待某种充盈,还是某种丧失呢?我搞不明白。一片黑暗之中,是小猫的剪影和风信子的花香。

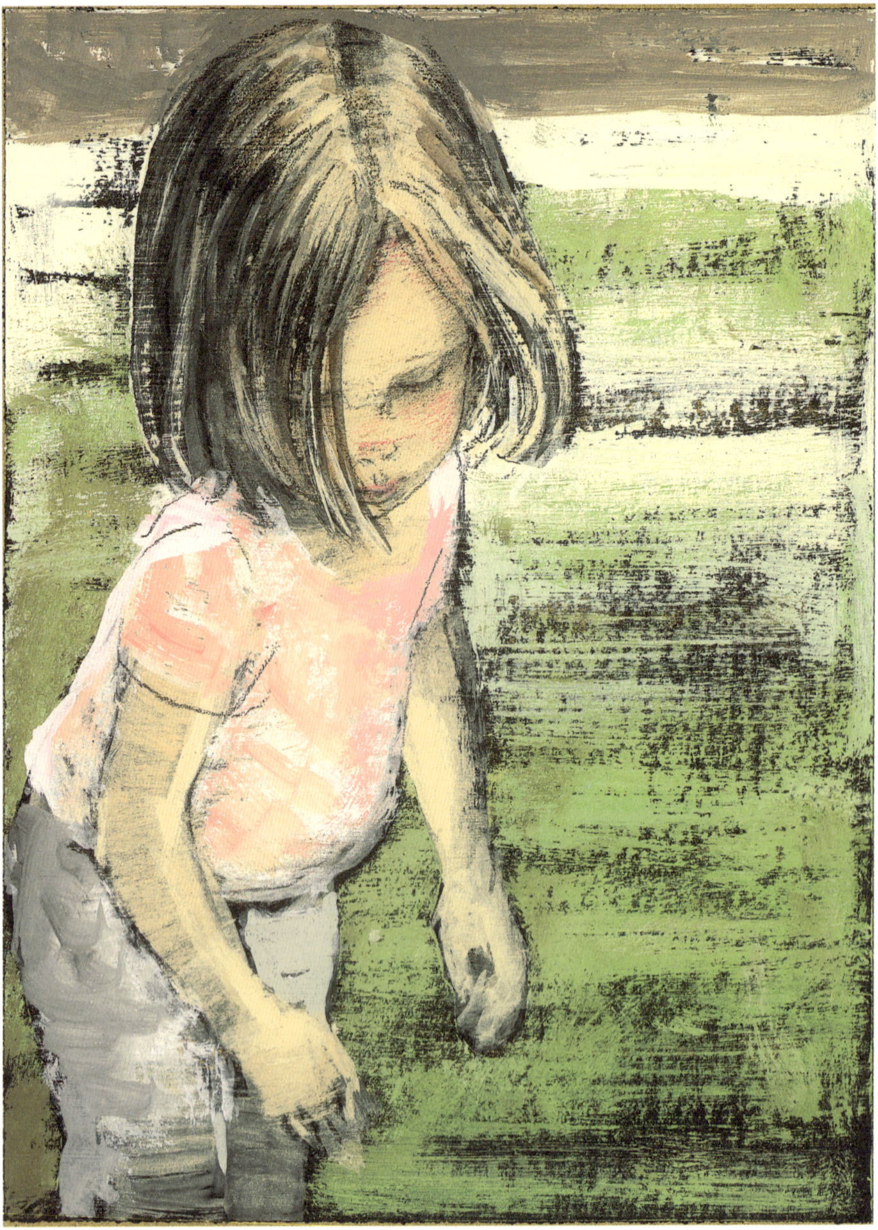

28

感冒

我感冒了，鼻塞，头疼。我躺在床上起不来。平时我钻进被窝总是很开心，可现在不仅脑袋疼，胸口也被痰堵得发慌，很是难受，躺着也并不轻松。我卧床休息的房间里，病倒前工作时用的资料书本堆积如山，显得房间狭小憋闷。我好不容易睡着，却又梦见二十厘米见方的厚纸箱从地面一直堆到了天花板，不留一点空隙。

迷迷糊糊之中，我听见楼上房间里的猫在大声地鸣叫。"喵呜——喵呜——"它精神饱满的叫声从阁楼移到二楼，又从二楼来到一楼，离我越来越近。小猫在我房门口格外洪亮地大叫几声，然后顶开猫洞的门，钻了进去。它嘴里衔着一条绿色的带子，这是它极为中意的唯一财产。它过着没有物质负担的美好生活。我从被子里伸出一只手去，来回晃悠地挥着带子陪它玩。

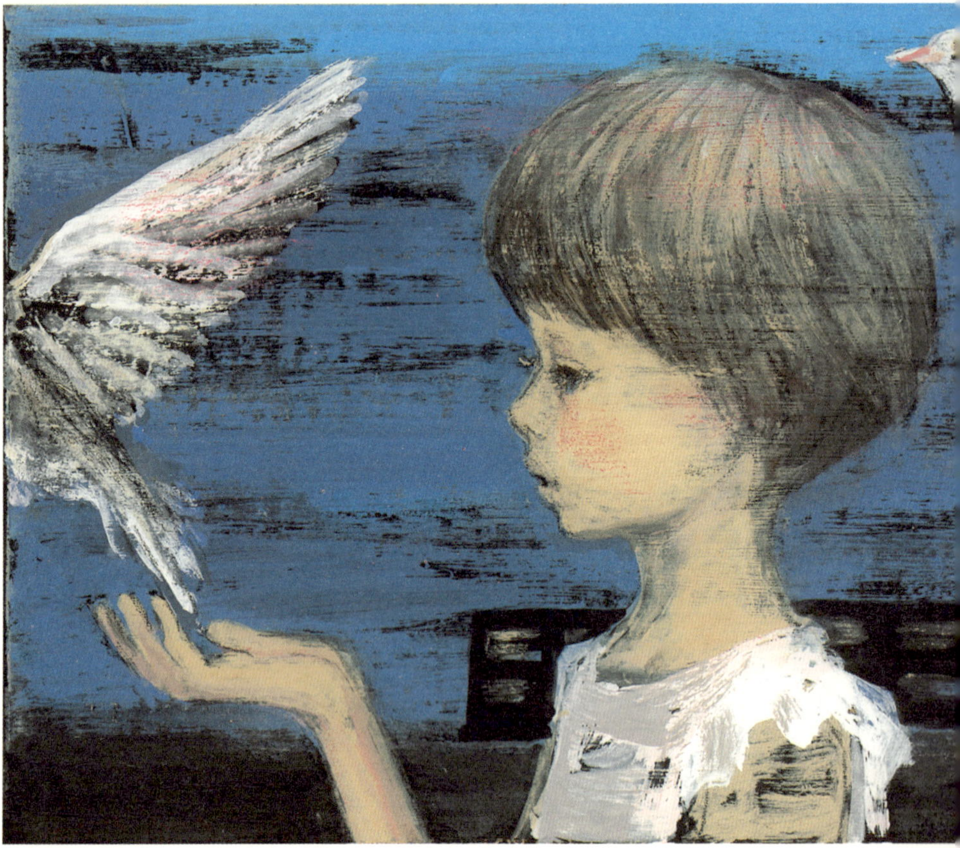

29

三月

今天气温高。我把饭团子和茶放进登山包，去森林里玩。山中的雪已经融化，冻住的东西也都解冻了，空气中充满了潮湿的芬芳。泥土的芳香、树木的气味、枯草浸湿后的气味，还有某种腐败的味道。

我来到森林中的一座小水库。眼下河流还在枯水期。我坐在混凝土的堤坝上，眺望着巨石、倒下的树木和全是沙石的河床，取出饭团子就着茶吃。

偶然一瞥斜坡，我发现一只茶色的动物躺在

上面。走近一看,发现是一头鹿。它的眼睛已然是空空的黑洞。肚子裂开,看上去就像鲜红色的洞穴。从鹿角的长度来看,它应该是头年轻的雄鹿。没能度过严冬的动物尸骨,我看见了好几副。

回家的路上,有小巧的黄蝶在翩翩飞舞。这应该是过了冬的蝴蝶。今天暖洋洋的,所以它才出来了吧?而花儿呢,还一朵都没开呢。

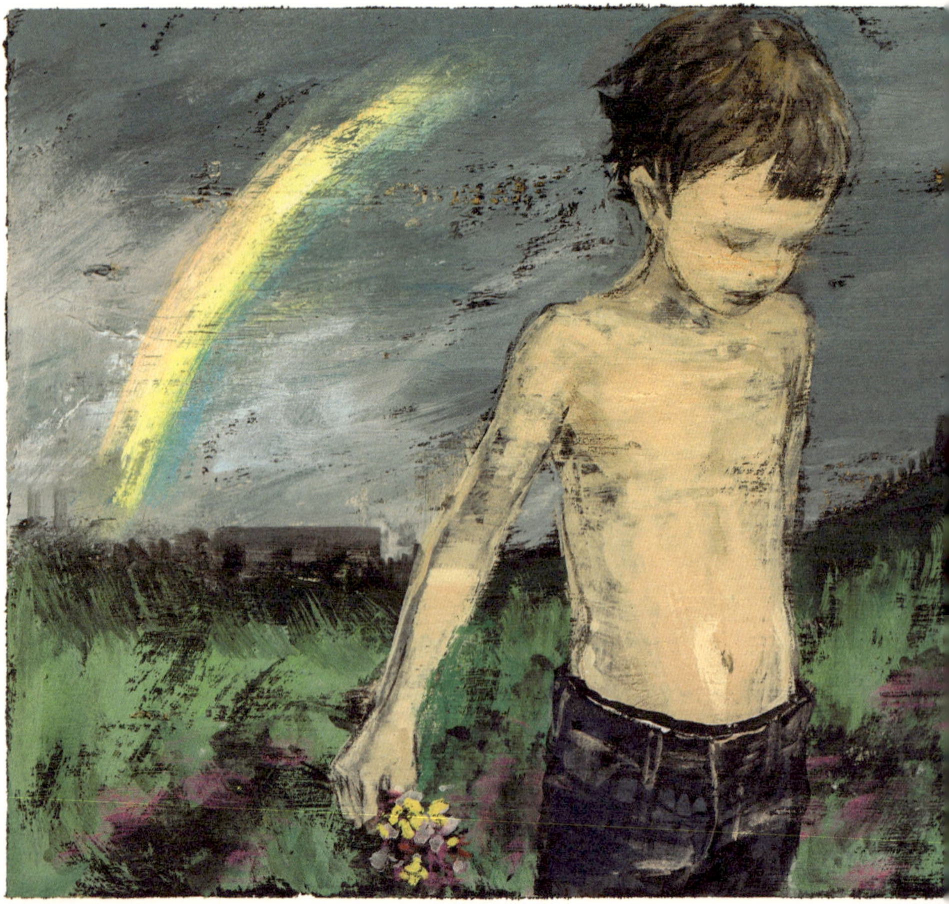

30

木香花

温暖的濛濛细雨如同雾一般纷飞。我穿上防风服和长靴进入森林。雨天，林子里没有人，可以尽情舒展。我离开主道，钻进大叶竹丛往前走。眼前是一片碧绿的金发藓。

我忽然听见有东西咔嚓作响。我停下脚往声音传来的方向凝神一看，原来是一只大青蛙埋在落叶中。它呈砖色，有两手合掌那么大。我觉得那是只蛤蟆。应该就是那只有名的蛤蟆——它被扔到公主怀里变成了王子，它是儿雷也的坐骑，还会滴滴答答喷油。我还是第一次离它这么近呢。

我兴高采烈地拿出手机给它拍照。青蛙一动不动，神态安稳气派，只有喉咙在安静地蠕动。

雨中，我开车回到东京。东京的樱花已经凋谢，眼下正值杜鹃怒放。回到家中，无数朵白色木香花在夜色中盛开，宛如繁星。

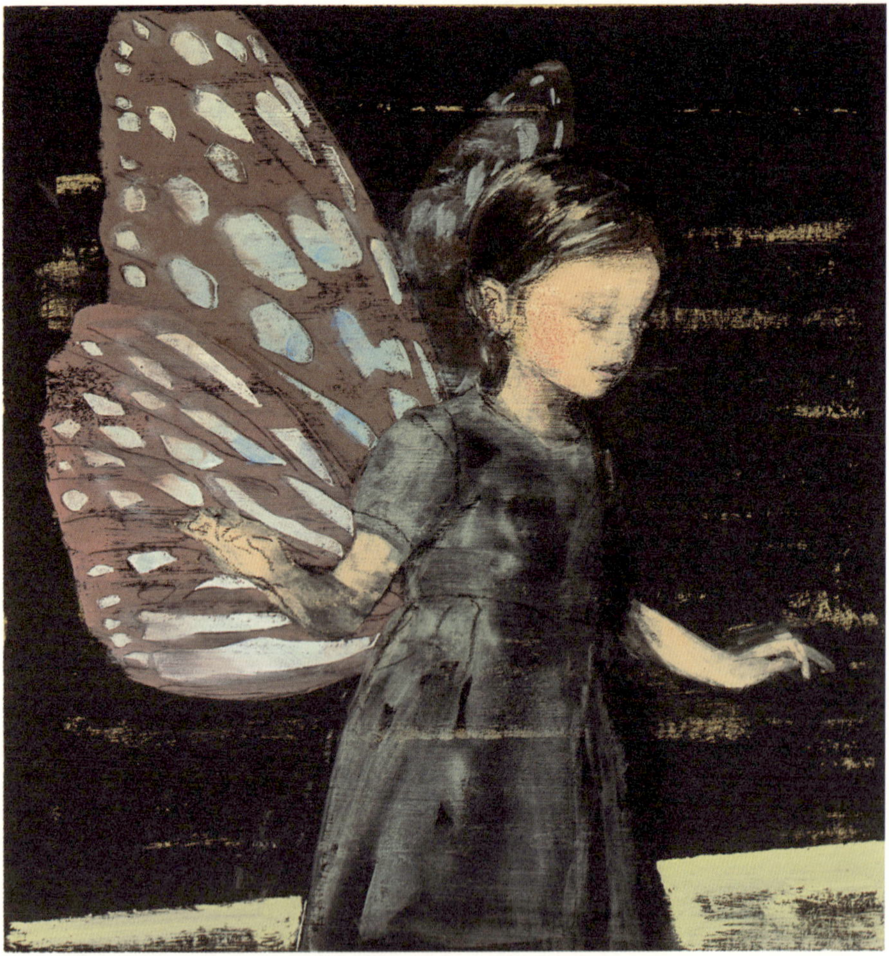

31

工作室

或许是因为感冒了,我的耳朵出了问题。并不是听不见,而是过于敏锐,听到了很多迄今为止听不见的声音。我觉得这是因为耳朵深处的那间小屋子肿了,无法调节声音的平衡。远处建筑物传来的马达声,响彻了整个房间,十分奇妙。

这种情况虽然奇妙,却令人难受,所以我在家里东走走西看看,最后发现自己在玄关待着很舒服,于是决定在玄关边没有铺地板的房间工作。我把绘画用具摆放在这间屋子的桌上,家里人说:"你这里看上去就像间铺子。人就在和外面隔着一

扇门的地方工作，比如榻榻米商店。"还真像那么回事呢。

我把门敞开着，只合上安装在大门内侧的纱门。我并不在意透过纱门传来的风声和熙来攘往的声音。这也很是奇妙。在我工作的时候，好几只流浪猫停下来，隔着纱门往里瞧，看得津津有味。

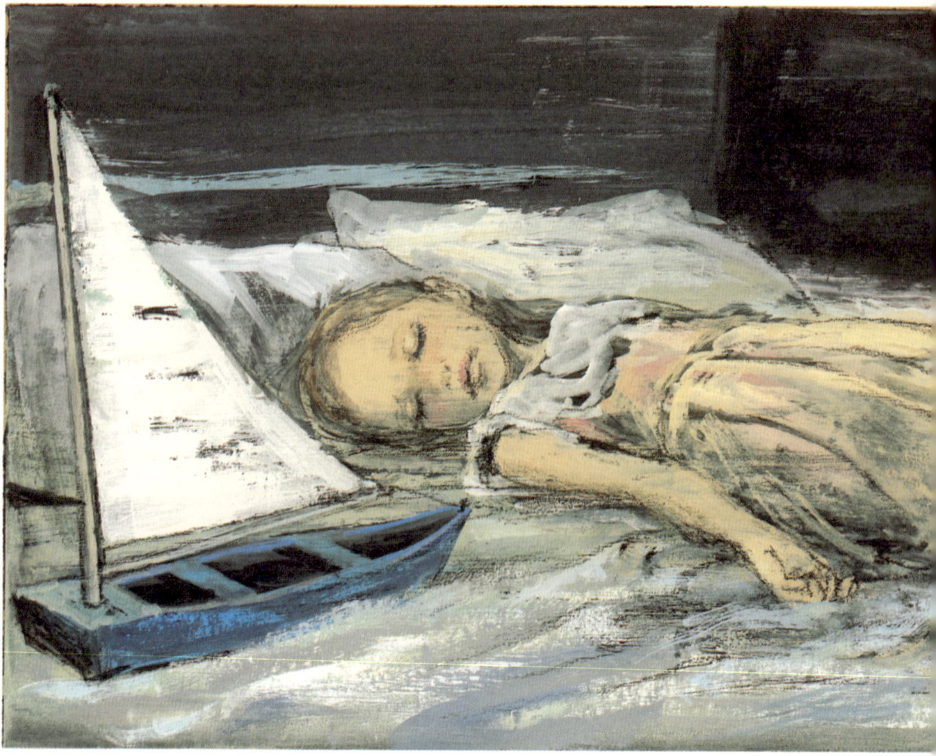

32

萤火虫

我去看萤火虫。田野中的公园里有一条水渠，据说水渠边能看见萤火虫。我等到天黑便出了门。

月光下的水渠边聚集了一大群人。有很多是带着孩子去的。不过，大家都不吵不闹、不慌不忙，安安静静地等待萤火虫发光。

一个小光点嗖地从我眼前飞过。紧跟着，四处都开始出现小光珠，嗖嗖地交错飞舞，点亮了夜色。

就在我伸出手指，轻呼"哎呀，亮了"的那一瞬间，它就已经开始消失，只剩下光芒划过的

轨迹，如同丝线一般永远留在眼中。刚开始的时候，萤火虫们依着各自的节奏一闪一闪地发光，后来就渐渐同步，按照同样的呼吸一起明灭，非常奇妙。小孩子在父亲耳边轻声说："闪了，又灭了，闪了，又灭了……"他的声音，在夜色中听上去宛如音乐。

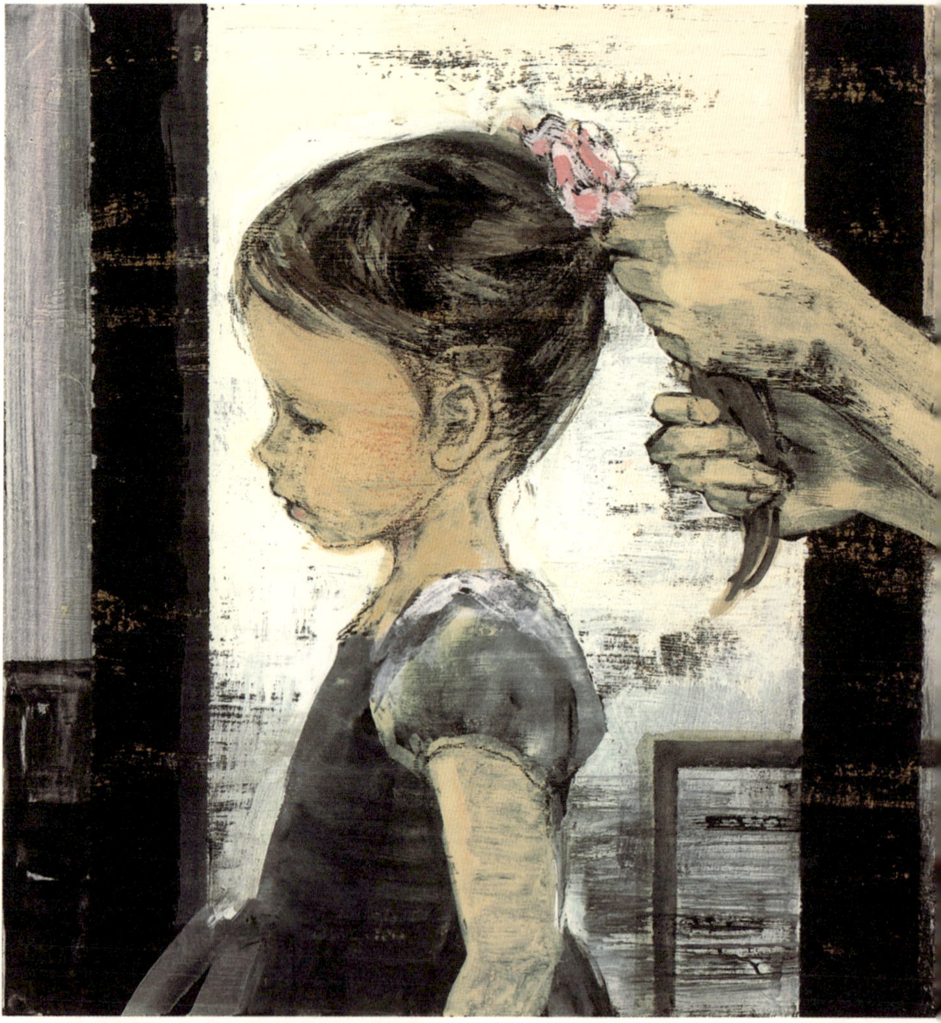

33

石头

我在东京住了大约两周，又回到了山里的家。上次离山的时候，红山紫茎已经萌出了一个花苞，所以我去看它有什么变化。

一整朵花都落在了树根。大概是昨天或者是前天开放后凋落的吧。花瓣儿蔫了，边缘已经变成了茶色。不过，花朵中央却泛着丝绸般的白色光泽。雄蕊的黄色花丝也依然明艳。我轻轻地拾起它带回家，放在架子上，和鹿角、石头以及淘来的瓶子排列在一起。

我去附近绳文时代遗址的考古馆参观。在小

巧精致的房间里，密集地展示着出土的素烧陶器。里面还有一张放置着很多石头的桌子。每块石头都是圆形的。它们圆溜溜的，安安稳稳的，让人忍不住想要摸一摸。据说这些石头全都是从居住地遗址靠里的地方出土的。人们认为这是信仰的对象，但是详细情况还不清楚。这些石头上面还都有麻点子，和我架子里摆放的那些圆形石头惊人的相似，或许这是周边一带石头共同的特点。

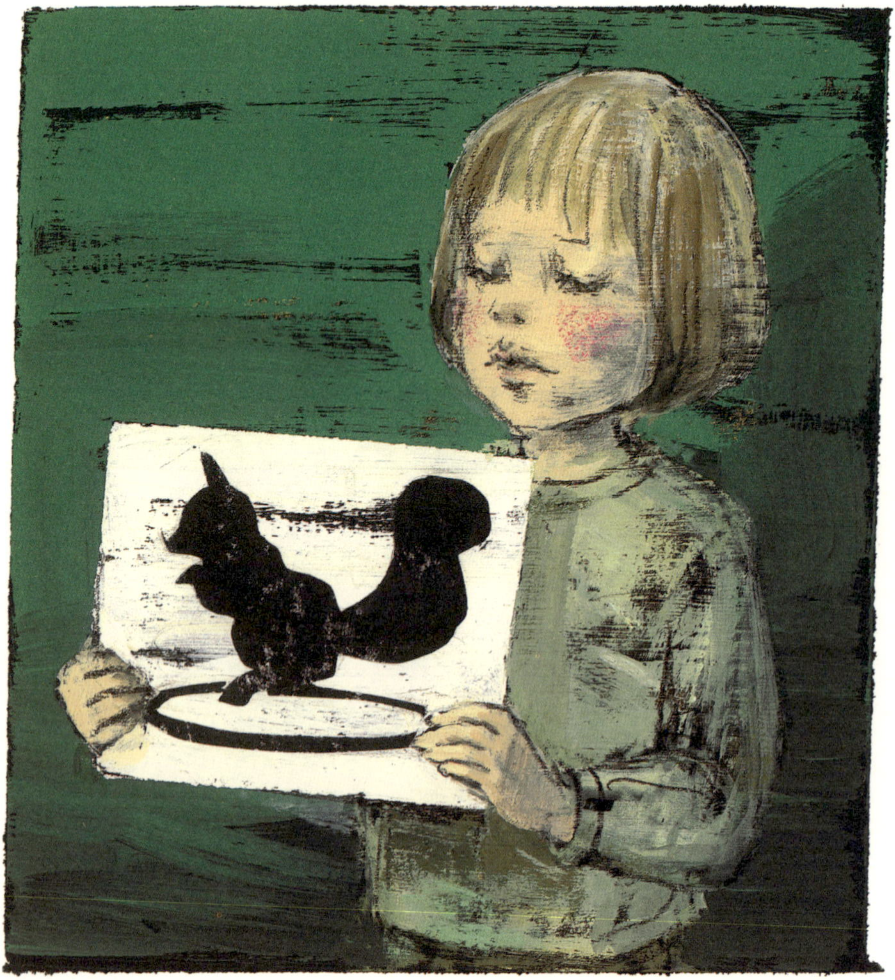

34

远
足

从山里的家出发走上一小段路，有一座大桥。桥下就是溪谷，站在桥上往下看，两条腿都发软。

我发现了一条通往溪谷的路，于是走过去看。这条狭窄的山路比想象的还要陡峭，似乎这就要摔倒了。阴森森的斜坡上，生长着无数巨大的水胡桃和只能仰望的山毛榉，还有比人还高的嶙峋巨石。好不容易来到谷底，映入眼帘的是一道瀑布。阳光在繁枝茂叶的缝隙间洒下来，照耀在一连串小瀑布飞溅的水花上，亮闪闪的。就在我认为自己完成了不得了的大冒险、正要休息的时候，

岩石之间鱼贯走出好几十个远足装扮的幼儿园小朋友来。我惊得目瞪口呆，才得知河对岸还有一条平稳的路。我感到很扫兴，但还是决定从那条路回家。走着走着，我发现路边上有一顶小帽子和玩具圈。这或许属于刚才擦肩而过的大人背上的婴儿。我把它捡起来，打算挂在树枝上，却闻到了帽子上浓浓的奶香。

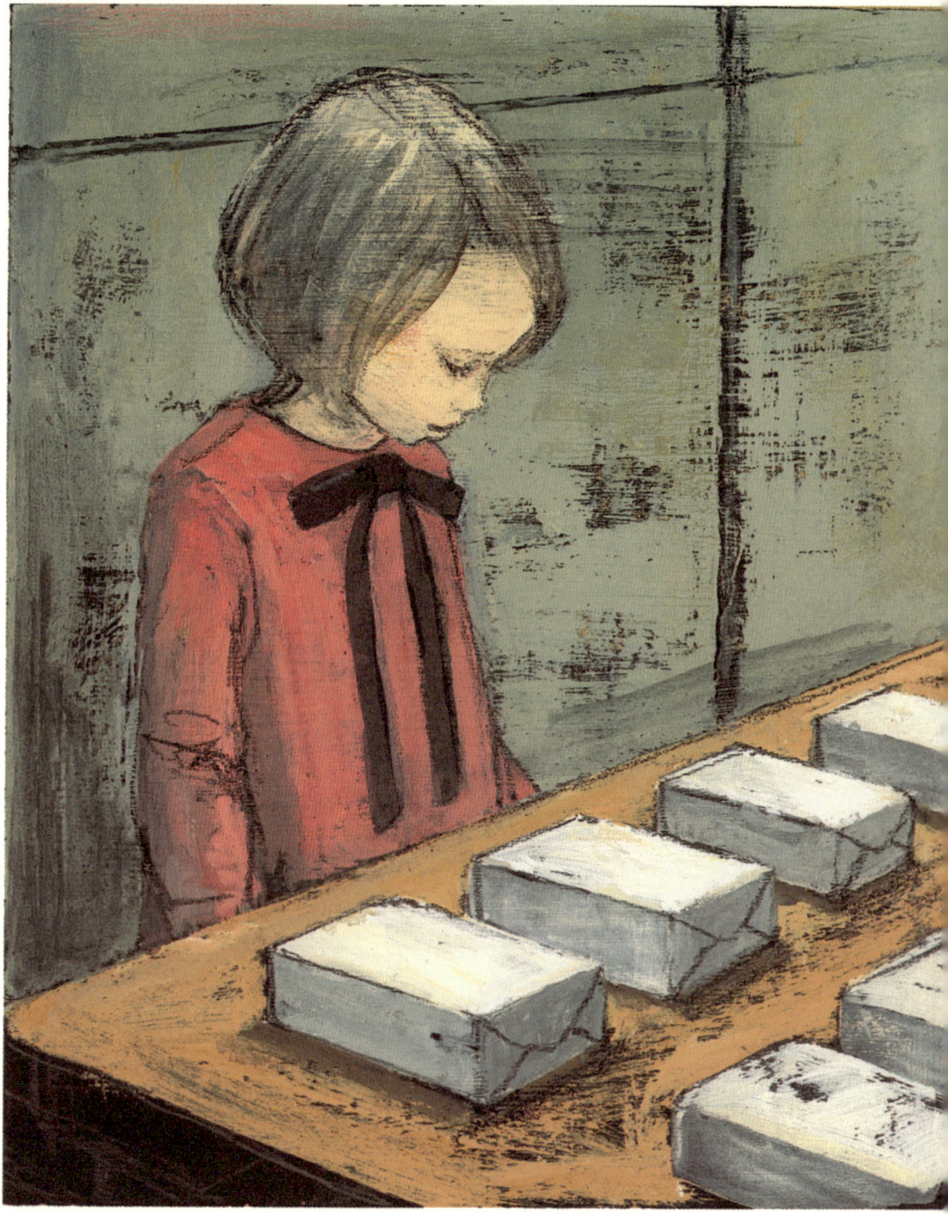

35

葬甲虫

我在林中小道漫步，发现路中央躺着一只小小的野鼠。栗色的绒毛依然蓬松，肉粉色的腿微微蜷缩。眼睛就像两个小洞。

野鼠已经完全没有了气息，可是它的身体却在路上一点点滑动。我仔细一看，发现在它身体底下有一只两厘米左右长的橙色虫子，仰面朝天，正在挥动着六条腿一点点地移动野鼠的身体。它时不时地翻过身，爬出来看看情况，接着又钻到野鼠身下。

我怕它们被车轧着，想把它们转移到路边。

我用树枝挑起野鼠的身体，放在路边上落叶松的树叶堆上。虫子似乎吓了一跳，在路中央缩成一团，我好不容易才让它抓住树枝，把它抖落在野鼠身边。我心想，总算是妥了。没料到，虫子看都不看尸体一眼，就仓皇失措地钻进了落叶堆。看来它真是吓坏了。

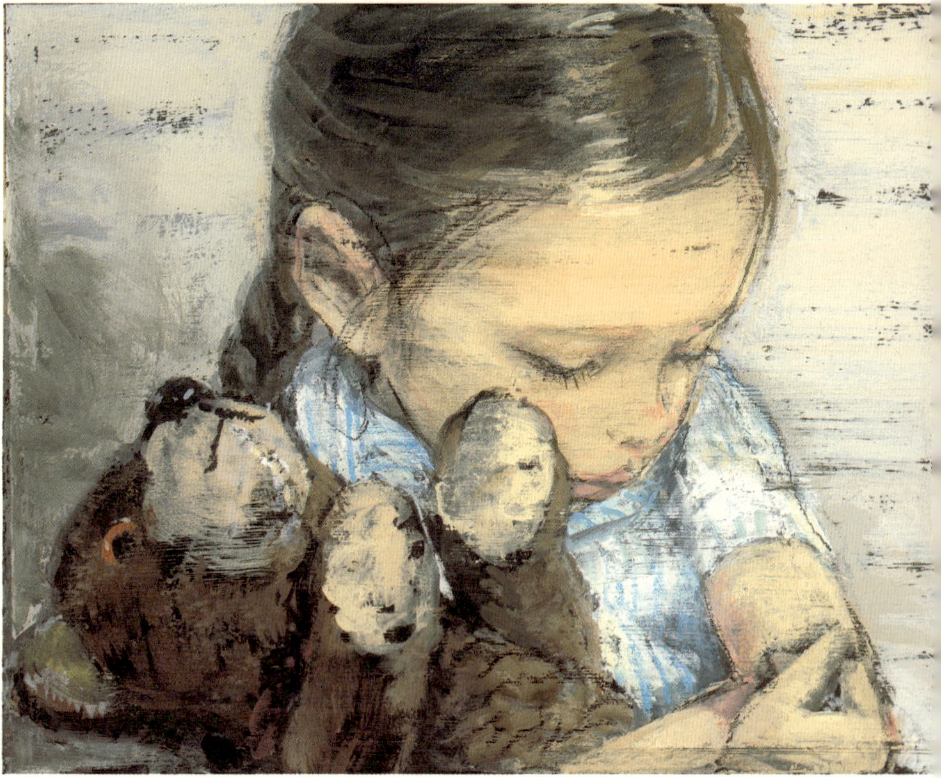

36

地铁

我坐上了傍晚的地铁。车厢里人满为患。一位戴着眼镜的女孩子站在我面前。她入迷地盯着手机,眼镜都滑落了。在她滑落的眼镜背后,是一双大眼睛,长睫毛,小巧的脸蛋,白皙的皮肤。她身高大约一米四,穿着校服裙和平底皮鞋,像是个初中生。她长得很漂亮,但是给人的印象却有些奇怪。头发油腻腻的,身上的毛衣也皱皱巴巴。她的布书包上面的花边,像海带似的垂下来。或许是发痒,她以同样的动作不停地用指甲挠自己的脸颊。指甲也长了,藏着污垢。而这脏脏的

指甲,却又有着非常漂亮的形状。她的手指也纤细白嫩招人喜爱。我好奇地静静凝视着她。女孩子盯着手机屏幕,眼睛都有些斜视了。仿佛一头野鹿,还没照过镜子就来坐地铁了。

著作权合同登记号：图字 01-2019-1727

Original Japanese title:MORI NO NOTE
Copyright©Komako Sakai 2017
Japanese edition published by Chikumashobo Ltd.
Simplified Chinese translation rights arranged with Chikumashobo Ltd.
through The English Agency(Japan)Ltd.

图书在版编目（CIP）数据

森林笔记/(日)酒井驹子著；李讴琳译. — 北京：
人民文学出版社，2019
ISBN 978-7-02-015348-0

Ⅰ.①森… Ⅱ.①酒…②李… Ⅲ.①散文集–日本
–现代 Ⅳ.①I313.65

中国版本图书馆CIP数据核字(2019)第112054号

责任编辑　朱卫净　　王皎娇
装帧设计　汪佳诗

出版发行　人民文学出版社
社　　址　北京市朝内大街166号
邮政编码　100705
网　　址　http://www.rw-cn.com

印　　制　上海利丰雅高印刷有限公司
经　　销　全国新华书店等

字　　数　15千字
开　　本　890毫米×1240毫米　1/32
印　　张　5
版　　次　2019年11月北京第1版
印　　次　2019年11月第1次印刷

书　　号　978-7-02-015348-0
定　　价　68.00元

如有印装质量问题，请与本社图书销售中心调换。电话：010-65233595